異母姉妹とわたし

随想風小説

わたなべ　こうじ

風詠社

目次

装幀　２ＤＡＹ

随想風小説

異母姉妹とわたし

本作品において「プライバシーにかかわる恐れのある人物や箇所」についてはすべて仮名であり、架空のフィクションにしてあることを、ご承知おきください。

＊今昔

わたしは昭和十年代はじめに生まれた。前の世代に属するひとたちにとって海外滞在は極めて珍しかった。岩倉具視たちの欧米滞在や夏目漱石の英国滞在のあとで、かれらは船で海外へ渡航した。

わたしの世代になると、船より遥かに速く動く航空機ができた。それで英国の文明批評家トインビーのいう「地球の縮小」がはじまった。地球の縮小を加速させたいかのように、航空機による海外渡航が飛躍的に増えてきた。海のマドロスに憧れる時代から航空機のパイロットとかエアホステス（女性客室乗務員）に憧れる時代になった。だがしかし、歴史は時々刻々つくられて行く。今は、憧れも多様性を発揮していて、若者の憧れる職域ランキングもまたかなり変わってきているようである。

そういう多様性の時代が今の時代である。海外滞在も珍しくなくなった。どれほどの日本人が現在海外滞在をしているのであろうか。海外から日本にきて暮らしているひとが数百万もいる時代である。海外でも数百万の日本人が暮らしていることであろう。

海外へ行く直前に飲むものも変わってしまった。船の時代の「決死の水杯《みずさかずき》」は廃れてしまった。決死も水杯も時代遅れになった。

海外滞在者が指先を向かわせる対象も変わった。自筆の「日記」から電子機器へと移行している。

指先の移行に伴ってしゃべることができる口の役目も変わってきている。ひとの口の役目の大半は電子機器に代行させて、口の役目はただものを食べたり飲んだりするだけのものになる恐れが生じている。

ことばというものを知らなかった頃のひとの口は、動物並みの叫び声しか発することができなかった。食べ物飲み物の入口に過ぎなかった。生物発生学的観点から見ると、ひとという個体存在のひとつの端に過ぎなかった。

そういうことばのない長い本当に長い年月を経てひとはことばを獲得した。だからことばは長い時を経てひとが獲得した叡智の贈り物なのである。ところが現状はしゃべるのを抑えようとしている。個人だけではない。そういうことをしている大国まで現れている。そういう大国の指導者が自由にしゃべらせているのは密告者だけである。そんな皮肉な現象まで現れている。

無知は力と信じ込ませたいのか。戦争こそ平和と思い込ませたいのか。自由は隷属と錯覚させたいのか。かつてそういう大国にいたが今は異国に居る優れた賢者や知者たちはこの現実に関する情報を入手できてもどうにもできず、地団駄を踏みながら悔しがっている。

過ぎ去った水杯の時代の海外滞在者はほとんど自筆の日記を付けていた。わたしの前の時代に属しておられる恩師の方々である。たとえば山本忠雄先生は、確か六十歳前後ではじめて海外へ渡航されたはずだが、英国滞在中にずっと日記を付けておられた。先生が亡くなられて、先生の英国滞在日記が、わたしの数年先輩たちの間でプライヴァシーの権利に関する賛否のかなり激しい議論を経て、公刊された。

山本先生よりもずっと若い宮崎芳三先生は、フルブライト留学生として渡米された。もともと下戸なので、お好きな紅茶を、先生だけでなく教え子たちにも人生の師として慕われた奥さまの隆子さんとゆっくり味わったはずである。一年間の別れを覚悟して万感の思いを抱きながら頑張る覚悟を無言で誓っていたはずである。

そういう宮崎先生も米国で日記を付けておられた。その証拠品を先生の研究室で見たことがある。厚かましいわたしは、日記があることを確かめたあと、どうしたか。先生にその一節を読んでほしい、と懇願した。盗読はひとという生きものの回避し難い度し難い性である。そういうわたしの性を知っているはずの先生は、どうなさったか。このあたりで、躊躇うことも勿体ぶることもしないのが、肩で風を切る勢いのあった熱血即決型の宮崎先生である。さっと或るところを開けて読んでくれた。

若いわたしが興味関心を抱くであろうと先生が憶測なさった箇所であった。米国の若い女性が電信柱にたとえられている箇所だった。先生がそれにもたれかかっている箇所であった。女性が顔を下に向け先生が顔を上に向けて互いに異常接近している箇所だった。先生は、谷沢永一、渡部昇一、外山滋比古、野口武彦、山縣熙、高山宏の諸氏の身長とほぼ同じくらいの身長である。女性と先生との高低差は二十センチほどあった。トール・ウーマンだった。だが付け足しておくが、これは決して「トール・テイル」でも「トール・ストーリー」でもない。嘘だと想うなら、宮崎先生のことをよく知っていると想われる方に確かめていただきたい。たとえば、学者にして歌人の水越久哉君に訊いてみてほしい。

こうした、海外滞在中に日記を付ける習慣は、どうやらわたしの世代まではふつうに行なわれていたようだ。いつ頃から現代文明の電子利器に移行したのか。わたしにはわからない。とにかく、わたしはまだ日記を付けていた世代の男である。それで、ふだんは日記を付ける習慣のないわたしも、海外滞在中は日記を付けていた。

＊日記

何度目かの海外滞在中にわたしが付けた古い日記にはこんなところがある。日記を公開したいという露出趣味は持ち合わせていないつもりなのだが、この際は、どうしても公開したい、という私的欲望に突き動かされた。わたしの考えているこれからの話の展開上必要であると判断したからである。

7月28日（火）晴れ

昨夜大阪発19時55分、アンカレッジ経由で今朝5時30分ヒースロー空港着。（作者注：最近の若い方にはアンカレッジ経由というのがわかりにくいかもしれない。今は、英国へは直行便がいろいろな航空会社から出ているからだ。だがかつてはアンカレッジでトランジットをして、あそこの空港内でうどんを食べたあとアラスカの雪山を遠望するのが英国へ向かう日本人の大半が暇潰しにしていたことであった。）7時間＋1時間＋8時間。空港の荷物受渡し所でトランクをひょっと見た。開く恐れあり。しっかり閉めようと試みてみた。だが中身が多くて完全には閉まらなかった。まあいいか。開いたらまた閉めよう。そう思いながら、がらがら押して地下鉄乗り場へ。キングズ・クロス駅で降りた。そこから徒歩でコモンウエルス・ホールへ。大きな学寮だ。５００は収容できそう。ポーターが愉快な男だ。話も面白い。宿泊する部屋は一応「ゲスト・ルーム」。室内も広い。しかし道路に面している。騒音が気になる。学寮内にいるガキどももウルサイ。睡眠不足。夕食マズイ。

7月29日（水）晴れ

午前９時前にブリティッシュ・ライブラリへ。ドームの「リーディング・ルーム」へ直行。懐かしかった。天井に向かって「えへん」と大声。よく響いた。これぞ英国到着確認の証。一日中図書館内。夕食マズイ。

（作者注：あそこのドーム型の読書室はもうない。新しい国立図書館はユーストン駅からもセントパンクラス駅からも近いところにできた。これまた三十年近く前のことであった。）

7月30日（木）晴れ

午前９時前にブリティッシュ・ライブラリへ。午後1時過ぎに昼食を食べようと立ち寄ったイタリアン・レストランでロンドン大学のギブソンさんに会う。午後3時15分から

「新しい図書館」のヴィデオを観る。日本人はオイラひとりだけ。（作者注：驚いた。観光客の多い夏なのに、ヴィデオを観ていたひとたちのなかに日本人がひとりもいなかった。「ミュージアム」のなかには大勢の日本人がいたのに。この頃から紙本は右肩下がりの運命を背負わされることになったのかもしれない。）

7月31日（金） 快晴

予約していたサセックス大学へ。なかなかきれいだ。明るい感じの大学。オックスブリッジと雰囲気が違う。新しいブリック大学だからか。ブルックス教授と「河川と物流」について意見交換。ブルックスさん運転の四輪駆動車で山裾にある古いパブへ。道中の田園風景が素晴らしかった。海岸のブライトンも確かにいいところだが、ああいう田園と丘のある所もなかなか良い。帰りの電車に乗る前にブライトンの古本屋で古書を3冊購入。（作者注：ブルックスさんは、オックスフォード大学出身で、話すときの低い声が聴きとりにくかった。どうもオックスフォード大学出身の方は、伝統的にそうなのだが、低音で声がきこえにくい。どうやらそれがトレードマークというのだから、困ったものだ。そうかといって、面と向かって、もっと大きな声を出してほしい、ともいいにくかった。）

8月1日（土）快晴

ロンドンのロンドレットで洗濯。こういうアリタレーションがお前に使えるのか。ウヘー。これはまぐれ当たり。洗いだけなら1ポンド60ピー註。ドライは高いなあ。2ポンド要る。ホールの洗濯機を使えば、洗い1ポンド、ドライ1ポンド20ピーだ。ただし「イン・オーダー」は一台のみ。あとはすべて「アウト・オヴ・オーダー」。安いが時間の浪費と高いが時間の節約とどちらを選ぶべきか。ヘラクレスの選択。いやいやそんな大袈裟な。洗濯。選択。人生は選択の連続。たまに洗濯。洗濯にも選択。今日は「高いが時間の節約」を選んだ。

暇にまかせて、徒然なる想い湧出。お前の英文学は利ある実学か益なき虚学か。こういう二者択一自体思索の貧困。しかし近頃はこういうのが大流行。イエスかノーか。エイかビーか。マルかバツか。日常生活も人生もこういうことの繰り返し、反復の連続。もしそうなら人間という存在は賢いのか馬鹿なのか。お前も貧しい二者択一の思考に完全に染まっている。そういうことも含めて、英文学に脱出口はあるのか。こういう二者択一こそ余りにも人間的な悩みに他ならぬ。するとひとが繰り返す悩みなるものは表層的なるもの。サモアラム。こういう悩み解消を提示してそれを突き抜けると気分が軽くなるはず。気持ちが楽になるはず。心持も気楽になるはず。カタルシス。二者択一を止めて生きよう。択一ではなく両立だ。生と死、静と動、清と濁、実と虚、文と武、山と谷、寒と暖、火と水、飴と鞭、貧と富、高と低、聖と俗、上と下、光と闇、天と地、陸と海、既知と未知、叡智と無知、文学と科学、平和と戦争、孤立と連帯、有名と無名、若さと老い、健康と病気、元気と衰え、幸福と不幸、必然と偶然、想像力と好奇心、そういったものの両立だ。両立でしかひとは気持ち良くは生き続けられそうにない。ひとだけではない。動物も植物もしかり。この地球もまたしかり。択一で萎れてたまるか。両立で生き続けるのだ。チョイスではなくコンパティビリティだ。両立はわが国でもかなり現実の生活様式でできかかっている。エスカレーターはどうだ。乗ったときの立ち位置は、関西は右、関東は左。昔の武士なら関西方式を選ぶはず。脇差は左に差すのだから。うなぎや穴子のさばき方も関西と関東では、背びれ側か腹側か。関西と関東はちがう。だがこれまた両立。鋤焼のつくり方もちがう。だがこれもまた両立。しかしこういう表層的なレヴェルではコンパティビリティが維持できているのだが、チョイマテ。深層的レヴェルでのこういうものの両立はどうか。猫が行き交う分厚い塀の上のように、落下の危険がほとんどない領域ではないぞ。まるで細い綱の上の綱渡りのようだ。危なっかしい領域だ。危険この上ない領域だ。チョイ考えれば、すぐわかるじゃあないか。これではまるで『一九八四年』の寒々とした世界だ。凍てついた世界の出現。両立はいいのだが、こういう世界の出現は困る。大いに困る。

ドウスル。両立と二重思考の合理的結託は可能なりや。やはりダイヴァーシティに顔を出してもらわないと。やはり多様にして複雑なるフェーズの存在を首肯せざるを得ない。残念無念。解決とか正解とかといった言葉が虚しく響く。こうなると、政治とか科学に文学と連帯してもらわないと、生き続けられない。言葉と行動の連帯だ。グーだけでは困る。パーだけでも困る。チョキだけでも困る。グーチョキパーの三者の共存だ。料理の調味料の配合だけではない。ひとの世における黄金律とかゴールデンルールとか。マタイによる福音書の七はどうか。ひとにおける有益なる相互の望みの一致は可能なりや。その根底には相互理解という難しい前提が控えている。これを巡ってユートピアもディストピアも虚しく旋回することになる。

ロンドレットで洗濯が済むまでこの調子。椅子に座って窓の外だけを眺めながらこんな曖昧模糊とした状態の意味を夢想。そこに或る若い女性登場。瓜実顔でほっそりしている。黙ったままの全身には気品。確かにプリティーでパッショネット。品定めできるか。たまたま今パッショネットという単語を片仮名で書いた。この単語は日本人にはあまりよくは理解されていない恐れあり。情熱的だけが優先。情欲面が無視。その結果、忖度好きな日本人は、外国人の若い女性を眼の前にして、この語を使いたがる。しゃべっている日本人は褒めているつもりだろうが、この語を使われる相手の外国人女性は「あら、嫌だ、私はそんな性欲のある女性ではないわよ」と反論したいことだろうが、なかなか反論もできない。だって反論は最大の防御とみなされては元も子もなくなるではないか。

この、わたしにはパッショネットであるように想えた女性が英語で「どこから来たの」と訊いた。「日本」と日本語で答えた。「私も日本人。今はロンドン大学に短期留学中だが、あと数日でミシガン大学に帰る」という意味のことを大阪弁で言った。それだけなら「あ、そう」で済んだのだが。この女性、コンシダレット（作者注：「思いやりがある」意）なのかコックシュア（作者注：「自信過剰の」意）なのか。「英語で困りはったら遠慮せんと、うちに訊いて」と大声で言ったあと、訊きもしないのに自室の番号までわたしに教えた。こういうタイプの女性が最近は多くなったのかそれともあまりいなくなったのか。彼女は積極的にしゃべっていた。ただもう少し違った、大阪のこととかアメリカのことかをしゃべってほしかった。

7時直前までナップの時間を楽しんだ。夕食時間ぎりぎりに食堂へ。サラダしか残っていなかった。仕方なくライス入りのサラダを注文して食べた。味覚の鈍感なわたしでさえも二口食べただけで残念だがゲイヴ・アップ。『空気を吸いに』に出てくるマズイソーセージを思い出した。夕食をとる前に思い出すべきであった或る大切なコトバを思い出すのを忘れていた。だがたとえ思い出していたとしてもあの味には太刀打ちできなかった恐れがある。「健康の秘訣はひとつ。食べたくないものを食べ、飲みたくないものを飲み、気のあまり進まないことをやる、それだけだ」と言ったのは、あのアメリカの大文豪マーク・トウェインであったか。

じぶんの部屋に戻り胃袋を満たすために、持参していた日本茶を飲みながらショートブレッドをかじった。そのあとで大阪在住である友人の中田から届いていた手紙を開封。手紙の追伸として「秋子は裸足で踊ることになりそうです」とある。これは一体全体どういう意味か。中田の長女の秋子さんは、オースティンを研究している若き学徒である。

（作者注：この異常に長い日記のなかに「大阪弁」というのが一回出ている。関西で暮らしている方には、だいたい聞いてわかる方言の一種である。一口に関西弁というが、大阪弁、河内弁、京都弁、神戸弁、姫路弁、淡路弁、和歌山弁などは、アクセント、言い回し、語尾、などでそれぞれ異なっている特徴があるし、それぞれの魅力がある。そういうことが、関西以外のところで暮らしておられる方々にはわかりづらいかもしれない。）

【註】イギリスのお金の単位「ペンス」は「ピー」と省略される。

＊回想

この日記を書いていた頃わたしはブリティッシュ・ライブラリで調べものをするためにロンドンに滞在していた。どうも八月一日のものだけが異常に長い。何かわたしにそうさせた訳があったのだろうが、何十年も経過した今となってはどうもどうしてそうなったのか思い出せない。それで仕方がない。とにかくこれはわたしのものであることだけ断って、前へ進みたい。

滞在していた場所は、経済的理由と利便さを考慮して、キングズ・クロス駅近くにあるロンドン大学のコモンウエルス・ホールだった。ここをあらかじめ選んで、二か月ほど前に大学に申し込んだ。そして渡航数週間前にオーケーが取れていた。収容人数が五百人を越す大きなホールだった。なんでも或る有名なロイヤル・ファミリーのひとりを記念して造られた学生寮だということである。そういうことをあとで聞いた。わたしが宿泊していた部屋は一応ゲスト・ルームということで二階にあった。大きな机と椅子とソファーとツインベッドとかなり大きな洋服ダンスが置かれていた。部屋が広くてありがたかったが、最初のうちは窓のすぐ下のかなり広い道を走る自動車の騒音にかなり参った。最初の数日は外の自動車だけでなく、なかの連中もうるさくて、睡眠不足が続いていた。しかし八月一日頃にはもうすっかり慣れてきて、かなりよく眠れるようになっていた。この気分の良さが当日の日記を異常なまでに長くしたのかもしれない。

このホールはわたしが滞在していた期間中ずっと海外からの若者に占拠されていた。大半が語学研修の若者であった。夏場だけ大学が若者に部屋を貸して、いくばくかの収入を臨時に得ていた。かれらは語学学校から帰ってくると、お国ことばで遠慮せず思いっきり大きな声で話す。真夜中であろうと、わが国のカラオケ店の前の午前五時三十分頃と同じように、大騒音、大哄笑を発する。玄関横のポーター詰め所前でも廊下でも同じ。なかでもイタリア人のグループと中国人のグループが発する声の音量が大きかった。かれらに比べると、わが国の語学研修生はどれほど控え目で大人しかったことか。

その上、ここのホールの夕食がまずかった。安いのだから仕方ないじゃあないか。じぶんにそう言いきかせながらも、食欲のことだから自然と過去に食べた美味しい食べ物と比較していた。以前若いときにイングランド中部のウォリック大学に留学していたときには、ほとんどじぶんでつくって食べた。英国人大学院生のジュリーやエマに教えてもらいながら、自炊した。安い食材を有効活用してかなり好きな食べ物をつくり食べた。自称料理人のわたしの料理はかなり旨かった。しかしこのホールの炊事場は狭くてじぶんで料理などつくれない。数十人が生活していた同じフロアに炊事場がひとつしかなかったからだ。お湯を沸かしてカップラーメンかヌードルを食べることくらいしかできなかった。仕方なしにホールの食堂で食べていたが、とにかくまずいのだ。時々は外食したが、こちらは高くついたから、そうたびたびというわけにはいかなかった。

英国で美味しい食べ物をいただいたこともあった。オックスフォード大学コーパス・クリスティ・コレッジの学長は有名な歴史学者で、なかなか刺激的な論文を沢山発表しておられた准男爵だが、彼は学長室でわたしにシェリーを飲ませてくれたあと、スタッフ用のゴージャスな食堂でミッドデイ・ディナーの料理をご馳走してくれた。一流ホテルのシェフに負けない腕利きの、立派な体格のシェフのつくってくれた食事はうまかった。ロンドン大学のホールでそのことを何度思い出したことか。それから不思議なのだが、そのうまかった食事を思い出すと、大阪の「づぼらや」でしばしば一緒に食事をした高校時代からの友人の中田を思い出すのであった。この男は、わたしとはちがって、根っからの大阪人で、お金（中田は「金《かね》」とは決して言わなかった。必ず「お金」と言った）の使い方を知っていて、どういうときにぱっと派手に使うべきか、どういうときに節約すべきであるかを心得ていた。

しかしそういう彼にも泣き所があった。上の娘さんのことで随分悩んでいた。八月一日の日記（前述）の最後のところに出てくる「秋子が裸足で踊ることになりそうです」は中田からの便りの「追伸」のことばであった。「裸足で踊る」とはどういうことか。日本語に「裸足で逃げる」というのがあることは知っていたのだが、「裸足で踊る」という日本語は聞いたことも読んだこともなかった。もともとは日本語ではなかった可能性もあるような表現だ。日本語ではないとすると、どこの国の表現から日本語に入ってきたのか。

どうやら女性が関係していることだけはまちがいなさそうだが、その先が見えない。確かアメリカ映画に『裸足の伯爵夫人』というのがあった。ミュージカルに『公園の裸足』というのもあった。いつ頃だったか。六十年代だったような気もするが、わたしの見当だからあてにはならない。まあそれはそうなのだが、これはアメリカの英語経由なのであろうか。もしそうなら、こういう表現が使われ出したのは、かなり前のはずだ。英国にはないのか。わからない。「裸足で歩く」という英語表現には出会ったことがあるのだが、「裸足で踊る」というのはあったようにもなかったようにも想えて洞窟のなかの茫漠とした霧のなかだ。

かなりの日数を経てふっと急に記憶が蘇った。正に古い蛍光灯である。ショウの『ピグメーリオン』と対比して読んだことがある作品を思い出した。シェイクスピアの『じゃじゃ馬ならし』という喜劇である。これをわたしが生まれる数年前に坪内逍遥が訳した。さらにわたしが十六歳のときに早稲田大学演劇博物館創立二十五年を記念してあそこの大隈講堂でこれが演じられた。それから五、六年経ってあの喜劇を原書で読んだときに、「ダンス・ベアフット」という表現に出会ったような気がしてきたので、確かめるとあった。その表現を日本語にすれば、正に中田の書いていた「裸足で踊る」になるではないか。あの作品ができたのは、十六世紀末だから、この表現は随分古い表現ということになる。でも、あの芝居に登場する姉妹の姉は、最初は題名通りの、がみがみしゃべりまくる、おまけに口うるさい、正にじゃじゃ馬だった。秋子さんは、あの劇なら、控え目でしとやかな妹のビアンカに近い。姉のカサリーナとはタイプが全然ちがう。でも、姉にはちがいない。シェイクスピアのじゃじゃ馬に近いのは、秋子さんではないが、もしかすると、わたしがお会いしたことがない妹さんがあの『じゃじゃ馬ならし』の妹さんと同じように、姉よりもはやく結婚することになったのかもしれない。

　まあそういうことを別にして、作品とか歴史に登場した女性には、結構じゃじゃ馬はいたようだ。古くは、あのノアの方舟のノアの奥さんがそうだった、と誰かが書いていた。あれが出てきたのは、チョーサーの「粉屋の話」ではなかったか。そうだ、そういえば、ソクラテスの妻のクサンティッペーも有名だ。

わたしが『ピグメーリオン』とかそのミュージカルの『マイ・フェア・レイディ』のことを知ったのはシェイクスピア学者の菅泰男さんからテープを聴かせてもらったときで、大学三年生の頃であった。しかし菅さんは、『じゃじゃ馬ならし』批判からショウがあいう劇を書いたなどという背景的事情に関しては何もおっしゃらなかった。彼は、俳優たちの英語発音により強い関心を持っておられたようで、じぶんでセリフを発音して、俳優たちの特徴的な発音に関してかなり詳しく解説しておられた。

それから十五年ほど経って、思いがけないところで、菅泰男さんのお名前を耳にした。京都の或るクラブでお名前を聞いた。このクラブは、どうもハイブラウな方たちが集まっていたところだったようで、店員の若い女性は、「アルコール」という詩集などを出した前衛派の先駆者といってよいアポリネールの詩を諳んじていた。特に、このイタリア人を父親、ポーランド人を母親としてローマで生まれた私生児でフランスの詩人として有名になったアポリネールの「ミラボー橋」が好きで、店のなかでふたりだけになると、この、どうも失恋の歌に想えるのに、「ス・ル・ポン・ミラボー・クール・ラ・セーヌ……ラ・ジュワ・ヴネ・トゥジュール・アプレ・ラ・ペーヌ」と感情豊かな声でフランス語の発音を披露してくれた。当時わたしはまだ比較的にいうと、若くて、彼女が老いたひとたちに親切にしていたことが別段のこととは想えず、無視していたのだが、じぶんじしんが当時このクラブで楽しんでおられた老人と余り変わらない年齢になってみると、彼女の親切が店に来ていた老人にとって、とてもありがたいことであったということがかなりはっきりわかりかけている。

近頃は、ケアギヴァーという英語も耳にする時代になってきているようだが、彼女は、今から五十年も前に、老人への介護を思いやりある言葉とからだを使った実践で行なっていたのをわたしは何度も目撃した。目撃しただけではなかった。これは彼女から直接聞いたことだからまちがいないはずだが、彼女は、彼女の助力を必要とする老人の身体的な弱点のカヴァーも身を挺して実践していたらしい。

彼女は、からだを動かしづらくなっている老人でじぶんをあまり評価できないような老人のことを親身になって考えていたようだ。そういう老人のふつふつと煮えたぎってくるルサンチマンをなんとか和らげ薄めたかったのであろう。じぶんではどうすることもできないことを知って生じた「痛み」「辛さ」「恨み」を彼女が緩和させていたのであった。彼女の実践介護のあとにやってくる「楽しさ」「喜び」「ときめき」が現在のじぶんへの肯定を促した。その結果老人じしんが実際そういうことを実感したのかもしれない。これが、彼女のかかわった老人にとって、どれほどありがたいことであったことか。

サミュエル・ベケットの『マーフィー』では、九十歳のウィルグビイ・ケリイ氏が凧上げするのを、車椅子に乗せて手伝うのがシーリアという若い女性なのだが、アポリネールを諳んじていた彼女は、わたしに、謎めいたことを、メタファーっぽいことばを駆使して言ったことがある。彼女は、老いたひとが柔らかいものを固くする手助けをしている、と言った。固いものを柔らかくするのであれば、わたしでも食べ物の具体例を持ち出して説明できるのだが、柔らかいものを固くするというのは、どんな具体例が思い当たるのか。わたしには当時もそうだったが今も皆目見当がつかない。

　彼女が働いていたクラブのママさんは彼女よりも身長などが少し高めで彼女も色白だった。おまけにそのママさんも知的な女性で、やはり世界の文学にかなり精通していた。だから、ふたりが切り盛りしていたそのクラブは、クラブというよりも、京都における文学サロンといった心地よい雰囲気を醸し出していた。そういうところで、菅泰男さんのお名前を耳にした。わたしじしんは彼をこのクラブで目撃したことは一度もなかったのだが、京都の或る出版社の編集長によると、このクラブは、彼の馴染みのクラブであるということであった。

　どうも思い出というやつは、牛の涎のように、ついつい長く伸びてゆく。菅泰男さんや編集長を思い出すと、次に、その出版社のトイレを思い出してしまった。驚いたことに、そこのトイレの板戸の裏側には、あの有名な棟方志功さんが描いた絵が残されていたのだ。

どうやら、棟方さんがまだ無名で経済的に困っていた若いときにこの出版社の社長さんたちが何かと援助していたらしい。そのお礼に描いた絵のようであった。もちろん、この絵は、たとえトイレのなかとはいえ、ただならぬ代物で、ロンドンのサザビーズあたりでセリにかければ、相当な値がついたことであろう。だから、このトイレを狙うのは、自然が呼んでいるひとたちだけではなかった。黒色の鞄にそっと入れている文字通りのブラックリストを持ち歩いていた窃盗グループもそのなかに入っていたようだ。あれは、今は、どうなっているのであろうか。その出版社どころか、京都というところへも全くご無沙汰ばかりで、わたしには、何の情報も連絡もないのが昨今である。わたしにとって、困ったことに、思い出だけがプライオリティを主張し続けている。

それで、さらに思い出したのだが、わたしにとっても、このクラブは、無関係とはいえないことをこの節の最後に書いておきたい。実は、わたしの処女出版は京都だったのだが、その出版記念会にアポリネールを諳んじていたその若い女性が高価に見える和服姿で出席してくれていた。どうしてそうなったのか誰も教えてくれなかった。彼女も何もいわなかった。しかし彼女がそこにいたことはまちがいない。そのすらっとした色白のインテリ女性は、今どこで何をなさっているのであろうか。まだアポリネールと付き合っておられるのだろうか。わたしは、どうして、こういう女性がクラブに勤めているのか、当時は不思議でならなかった。しかしその謎は、のちに、秋子さんの職歴をより詳しく知ることになって解消された。

＊友人

中田から手紙をもらったのはわたしがロンドン大学の学寮に滞在していた時だった。その学寮はブリティッシュ・ライブラリまで徒歩で向かってもそれほど時間のかからない便利なところにある。その頃わたしは、十八世紀の英文学とかかわりをもっていた英国の経済事情、とりわけ物流について調べていた。

英国の物流と文学の関係に関心が向かったのも友人の中田の影響だったのかもしれない。彼は俗にいう不動産屋であった。大阪市浪速区の恵美須に事務所を構えてかなり手広く商売をしていた。しかし彼は父親の仕事であった不動産屋を長男という理由だけで継いでいただけであった。じぶんから進んで不動産屋になったわけではなかった。

彼は不動産屋になったのだが、やる気にさえなればほとんどどんな職業にも就ける、いわゆる有能な男であった。少なくともわたしの知っていた高校時代の三年間はわたしなどよりも特に数学は成績も良かった。日本の大学ならどこへでも行ける学力があった。そういう彼が選んだのは、しかし、東大でも京大でもなく、神戸大学であった。神大の六甲台にある経済学部に入った。そしてそこを出たあと数年間伊藤忠商事に勤めた。しかし父親の急死で不動産屋になった。

この男は、実は、根っからの遊＝学の士であった。遊びながら学び、学びながら遊んでいた。歌舞伎や長唄だけでなく江戸時代の小咄とか浮世草子などにも通じていた。おかしな取り合わせだが、彼の事務所には江戸時代に活躍した有名作家の全集など文学作品が所狭し、と積み上げられていた。

「不動産屋か古本屋かわからんようになってきたねえ」

「黙っての無断古本引き抜きは厳禁だからな」

「わかっている。でもねえ、黙ってちょいと失敬したい本が目白押しですねえ。この『好色一代男』は大型本で八冊もあるのだねえ。岩波の文庫版だとたかだか二百三十頁余りしかないのにねえ。あれえ、西鶴の署名はないの、処女作なのに」

「署名はないなあ。序文もない。ただ西鶴に師事していた門下の落月庵西吟つまり水田庄左衛門が跋と版下を書いたようなのだがなあ」

「版下というのは、木版を彫るためのあの下書きのことかい」

「そうだ。絵とか文字を書いた薄い紙で、それを裏返しにして版木に貼り着けるわけだ」

「十七世紀のわが国の弟子たちも大変だったのだねえ。この八巻もある西鶴の処女小説には挿絵も五十余りあるようだが、あれも庄左衛門が描いたの」

「いや。あれは西鶴じしんが描いたようだ。西鶴の自画像などと見くらべると、はっきりまちがいなくそうだ、といえそうだよ」

「西鶴というのは、多才だったのだねえ」

「確かにそういえるなあ。真っ先に思い出すのは、絵よりも俳諧だがなあ。確かに元禄の三文豪というのは、俳諧の芭蕉、浄瑠璃の近松、それに浮世草子の西鶴ということになってはいるが、西鶴はもの凄い数の発句をつくっている」

「そうか。じゃあ当時の俳人の多くのようにお酒もかなり飲んだの」

「それがなあ、下戸だったようだ」

「へえ、飲めなかったの。じゃあ、美食家だったのかねえ」

「そのあたりのことは、俺にはあまり情報がないのだが、かなり美味しいものをいろいろ食していたかもしれない。西鶴の肖像画はどれもかなり恰幅がいいというか肥満体というか、とにかく今流にいうと、二型糖尿病か痛風の気を疑いたくなるような体型だからなあ」

「それで早死にしたわけか」

「でもなあ、当時の五十二歳であの世へ行ったのだから、早死にとはいえないかもしれないよ」

「五十二歳だったのか。そういえば、あの小説の主人公の世之介の活躍したスパンは、たしか、七歳から六十歳までの五十四年間ということになるねえ」

「そうなのだが、あの五十四という数字には、西鶴なりの思い入れがあったのじゃあないかなあ」

「それ、どういうこと。ちょっと簡単に説明して」

「巻一の冒頭の『けした所が恋のはじまり』にも『五十四歳』というのが出ていて、この数字に拘っているように俺には見えるのだがなあ。ひょっとすると、世界最古の長篇小説といわれている『源氏物語』を向こうに回して、天和の坂田三吉を気取りたかったのかもしれない」

「なるほど。『源氏物語』の五十四帖を向こうに回したわけか」

「どうもなあ、西鶴という男は、この数字の操作でも、見当がつくのだが、あらゆるものを貪欲に利用して、短篇小説的なものを組み立てて、長篇小説をつくろうと試みたのじゃあないか、と俺は推測しているのだがなあ」

「正に江戸前期の男といえるねえ。短篇の積み重ねの長篇か。中国の天元術を改良して新しい和算というか算法というか、とにかく凄いことをしでかした数学者の関孝和と同年代だったからねえ」

「お主の最も苦手としていた数学にやっと関心が舞い戻ったのかもわからないなあ。まさか開平とか開立とかを講義するのじゃあないだろうなあ」

「いやそれは端から無理難題。ギリシア語以上に無理。でもねえ、ああいう西鶴とか関がわが国の十七世紀に活躍していたと想うと、嬉しいねえ。わくわくするねえ。もうとっくにそろばんも普及していたのだろうねえ」

「それはまちがいない。そろばん勘定という四字熟語もかなり使われていたらしいから」

「江戸時代のそろばんは、確か、今使われているソロバンとは、たとえば、珠の数がちがっていたのじゃあないの」

「ちがっていた。上段に珠がふたつ、下段に珠が五つあった。これで加減乗除の計算をしていたわけだなあ」

「ちょっとそれじゃあ珠が七つもあるじゃあないか。上段の珠は数字に置き換えるといくつだったの」

「上段の珠はひとつが五だった。だからふたつで十。下段の珠はひとつが一だから合計で五ということになるなあ」

「そうだったの。凄いねえ。今のコンピューターの元祖だったのかもしれないねえ」

「そうかもしれない。だがなあ、そろばんは世界を破滅させなかったが、これから先はなあ、コンピューターの使い方を誤ると世界は破滅する恐れがある」

「そちらが心配だねえ。コンピュートピアという鞄語をつくって未来社会のラビアンローズを夢見ている輩もいるようだけど、気を付けないとあちらは危ないねえ」

「まあそこへゆくとわれらは西鶴を楽しんでいるのだから、新しい工夫も楽しめるわけだなあ」

「そういえば、新しい工夫というか、新しいものというか、そういうものも大いに活用していたようだねえ。たとえばねえ、これも、確か、巻一のはじめのあたりだったと想うのだが、世之介が八歳だったかな、あずまやの屋根の上から、『遠眼鏡』を使って、若い女性が菖蒲湯の行水をしている現場を眺めるところがあるがねえ、あのトオメガネはねえ、わが国にいわゆる望遠鏡が入ってきてまだ数十年しか経っていない頃だからねえ。オランダのメガネ技師のリッペルスハイという男が世界ではじめて望遠鏡を発明したのが一六〇八年で、徳川家康の九男の徳川義直が望遠鏡を眺めたのはねえ、彼がこの世を去るほんの少し前だったのだからねえ。一六五〇年頃だよ、きっと。だからねえ、世之介がトオメガネを覗いたのは、義直が覗いた時期とあまり変わらないということになるのだ。徳川家康がドラマの主人公になれば、そういうことも出てくるかもしれないねえ」

「お主やるなあ。日本史とか日本文学はパススルーと想っていたのだが、西鶴にも家康にも関心がまだあるのだなあ」

「いやふたりに関心があるというよりも、大袈裟にいえば、文学と科学の関係に関心があるといってもらいたいねえ」

「ふーん、文学と科学の関係か。そういえば、トオメガネと西鶴のような関係はイギリスにもあるのじゃあないかなあ」

「あるある。西鶴の晩年と若い時の年代が重なっていたジョナサン・スウィフトなどはその一例だと想うよ」

「どういうことなのか、具体的にもう少し詳しく説明してくれ」

「君も読んだことがある『ガリヴァ旅行記』の第一部を思い出してくれれば、ありがたい。リリパットのひとがガリヴァのメガネを見つけて大騒ぎしたところだがねえ」

「憶えている。ガリヴァの身体検査をするところだろう」

「そうだ。あそこがねえ、英文学にメガネがはじめて出てきたところらしい」

「そうか。メガネに関しては、日本と英国のちがいは、メガネ製造の認可が国家的な規模で出たかどうかのちがいくらいかなあ」

「まあ、メガネのことはようわからんが、文学と科学の両方に共通した必要条件は想像力と好奇心の両立ということじゃあないか」

「またまた、謎めいたことをおっしゃる。要説明だなあ」

「そうか。じゃあまた一例だけ挙げるか。あのねえ、君も知ってのとおり、スウィフトの本職は聖職者で英国国教会の大聖堂のディーンつまり主任司祭だったわけで、文筆家というのは副業みたいなものだったのだがねえ。それでねえ、科学などは、今流にいえば、王立協会の科学雑誌を読んでいた程度だったのだがねえ。もちろん天文学のことなど雲の上の学問だった。ところが、驚くべきことにねえ、彼は火星の衛星の数を言い当てていたのだよ。火星の衛星の数がわかったのは実際には十九世紀の七十年代末だったのだが、スウィフトは、想像力と好奇心だけでその数を正確に言い当てていたわけだよ。もちろん、いわゆるまぐれ当たりだったわけだがねえ。それまでに、地球に一個の衛星があることと、木星に四個の衛星があることがわかっていたのを利用して、火星には二個の衛星があることを言い当てたというわけだよ」

「それ彼の何という作品に出てくるの」

「すでに君が読んだ『ガリヴァ旅行記』第三部のラピュタ人のところにある」

「そうだったのか。俺もすでに読んでいたのか。頼りない読み方をしていたわけだなあ」

「君だけじゃあないよ。頼りない読み方がふつうのひとの読み方だよ」

「そういえば中原中也を読んでも、神鳴りを見落としている奴もいるからなあ」

「そうだよ、梶井基次郎を読んでも、檸檬と爆弾の形状的類似に気付かぬ奴もいるしねえ」

「高校時代の友人の栗山は、あれ梶井の影響か、檸檬が好きだったなあ」

「手付きよろしく、レモンスカッシュのつくり方を伝授してくれたねえ。あいつは、ソーダ水は、ウィルキンソンに限ると言っていたが、そうなのかねえ」

「ソーダ水炭酸水ならどこのものでもいいはずだが、あいつにはこだわりがあったのだろうなあ。ウィルキンソン、ウィルキンソンと言っていたなあ」

「あいつはアサヒの関係者だったのかねえ。あっ、そうそう、砂糖は三温糖がお勧めだった」

「すると、ミツイの関係者だったのかなあ」

「カジイとアサヒとミツイの三者結託だったのか。あいつの話はなんどか聴いたが、一度もあいつのつくったレモンスカッシュを試飲したことがなかったねえ」

「俺もなかったなあ。梅干し一個を想像しながらごはんを食べる落語はあるが、あいつのレモンスカッシュは幻になったわけだ」

「そうだねえ。あいつはさっさとあちらへ行ったからねえ」

「キャンサーというやつは、これだけ文明が進んでもまだどうしようもないところがあるようだなあ」

「誰か西鶴並みにトオメガネでキャンサー完治の妙薬を発見してくれないかねえ」

「そうだなあ、西鶴には先見の明も先取のサイカクもあったわけだからなあ。西鶴のような想像力を有する科学者が二十一世紀に現れて西鶴並みのサイカクを発揮してくれたらなあ」

「久しぶりのダジャレをどうも蟻が十」

「西鶴はテンゴウが好きだったからなあ」

「テンゴウとは癲にして風狂の狂なり、ということか」

「まあそういう漢字を当てるひともいるが、ふつうは転と合の漢字を当てているなあ。西鶴は言葉遊びのテンゴウもいろいろかき集めてメモしていたようだからなあ」

「ほんまにおもろい男だったようだねえ。彼の面白さから贔屓眼に見ると、彼はインターナショナルな男だったといえるのかもしれないねえ。もしかするとじぶんからわざわざ愚者になって幸せを手に入れた男だったのかもしれないねえ。突飛なことを付け足しておくとねえ、彼が狙った地点は、もしかするとアインシュタインのあの謎めいた舌出しの彼方にある地点に通じていたのかもしれないよ。ドイツのウルムの深い森のなかを子供と一緒に舌の出た仮面をかぶってテンゴウし合って遊んでいたのかもしれないねえ。ああいう男はもうこの地上には現れないかもしれないねえ。彼に会いたい。西鶴の菩提寺はどこなの」

「上本町の八丁目だったかなあ、とにかくあそこの寺町にある誓願寺で眠っているよ、彼は。墓碑には『仙皓西鶴』という四文字があるから、あそこへ行けばすぐわかる」

中田とわたしは、こんな軽い雑談のあとは決まって新世界に出て行った。「づぼらや」をはじめとして、あの界隈のビールが飲める居酒屋で、時間の許す限り大いにしゃべったが、わたしにとっては彼との雑談がさまざまな研究者の著わした書物にも増して、刺激的なヒントを与えてくれた。「十八世紀の英文学における物流」という研究テーマもそういう雑談から得たものだった。

雑学の大家の中田は、もちろん芝居の話もよくした。彼の話は江戸時代中期の近松門左衛門や英国のシェイクスピアだけでなく（作者注：彼は大阪弁のシェイクスピア訳がないことに不満を述べたこともある）、コリー・シバーやリチャード・ブリンズリー・シェリダン、デイヴィッド・ギャリック、それからアフラ・ベーンの芝居にまで及んだ。こういう男が物書きになったら「おもろい」作品を書くだろうなあ、とわたしにしきりに思わせた。（作者注：「おもろい」という関西弁は「おもしろい」というもとのことばを三つに解体した上でつくられた、いわばことばの見事な省エネによる結婚の産物である、とわたしは確信している。）

そういう彼にはわたしにもわかっていなかった或る側面があった。彼はじぶんじしんの女性問題に関しては一切口に出さなかった。したがってわたしにわかるのはそういう女性問題以外のことだった。そういう観点から考えると、彼には十八世紀の英国の複雑で込み入った状況を理解する時のようなわかりにくさが纏いついていた。

そのことをここで少し書いておきたい。ふつう若者は絶えず何かに腹を立てているものだが、中田はちがっていた。醒めていた、といったほうが当たっているのかもしれない。親が悪い、社会が悪い、政治が悪い、といった不満を述べないのだ。目上のひとにも後輩にも、わたしたち仲間にも、そういうことは一切ノーリマークなのであった。それも高校生のときからずっとそうなのであった。不満を親や他人や社会のせいにしていることがわかるような発言をするのを聞いたことがなかった。「何でも受け入れる容器」といえそうだが、こういう彼の延長線上にあったのか、女性のことをあまり口にしなかった。

加えて中田には或る哲学があった。個人的利益を追求することが公共の利益につながる、と彼は考えていた。経済に関する思想史のなかでは、マキァヴェリズムよりもピューリタニズムに近かったような気がする。マルクスよりもケインズに近かったのかもしれない。私益と公益を直結させるあたりは、英国の或る有名な経済学者の説に依拠していた可能性もあるが、そういうことについて直接語り合ったことはない。彼は知識をひけらかすことを嫌っていた。だが彼がじぶんなりの考えに基づいて不動産業という商業活動をしていたことはまちがいない。

彼は商業活動において、十八世紀のロンドンにいたシルクワームのような客を大切にした。つまり、買う気もないのに不動産物件を見て回りたい客をありがたいお客さん、と考えていた。不動産物件を見て回るだけで土地も建物も買わないお客が口コミで広報活動をしてくれると信じていたようだ。新製品の絹製品やレースやリボンを話題にしてお客を店に引き寄せたロンドンのシルクワームの大阪版といえる客人こそじぶんの仕事である不動産業に不可欠であるだけでなく、大阪の繁栄にも欠かせない存在と思っていた男が中田という男であった。

＊長女

ロンドンにいたわたしが中田から手紙をもらって三年くらい経った頃だった。「秋子は裸足で踊ることになりそうです」という、中田の追伸に書かれていた意味不明の語句も忘却の彼方に沈みかけていた頃だった。そんなときに大阪南の難波にある或るパブで五年ぶりに秋子さんとお会いした。まさかと想っていた場所だったので、容貌などから彼女であることをはっきり確かめてから、声をかけた。

「秋子さんじゃあないですか」

「ええ」と言ったまま、あれだけ笑顔を絶やさなかった彼女が浮かぬ顔をしたまま眉を少し動かして俯いていた。

幼い頃から父親の友人であるわたしを知っているはずの彼女が無口で何も語ろうとしない。何か変だ。わたしとの接触のなかった空白の五年の間に彼女に何が起こったのだろう。英国から帰ってきて、論文執筆や学会発表、本務校での講義や雑務に追われて、中田とも会っていなかった。彼女か彼に何か重大な変化が起こったのだろうか。

「中田君はお元気ですか」

　そう訊いても彼女は無言だった。どうもおかしい。なぜ何も言わないのだろう。わたしの隣に誰か座っているのであれば、言いにくいことが言えない恐れもあるが、今は誰も隣にいない。誰にもこちらの話を聞かれる恐れはない。それなのに彼女はわたしに何も語ろうとしていない。なぜなのだろうか。わたしもしばらくのあいだ黙ったままであった。ふたりの沈黙で何かを察知したのか、ぽつりとことばを発した。

「石橋の家を出ました」

　やっと重い口の扉を彼女がじぶんから開けた。

「今は昔の炭屋町があったところに下宿して、ここで働いています」

　中田から「秋子は裸足で踊ることになりそうです」という追伸が入った手紙をロンドンで受け取ったあと中田の家族に何が起こったのだろう。しかし彼女はそれ以外のことは何も語ろうとしなかった。わたしもそれ以上のことを訊くことは差し控えた。また機会を見つけて中田の事務所へ行き彼から直接訊いてみよう。そのときはこういうサスペンス状態で彼女が働いていた難波のパブを出た。彼女は落ちついた色合いである淡い紫色のワンピースを着ていた。飾りものなどほとんど何も付けていなかった。十八世紀の英国貴族夫人が着用していた服装とは鮮やかな対象を見せていた。

当時もわたしは「十八世紀の英文学における物流」の調べをまだ続けていたので、十八世紀のロンドンに世界各国からいろんな産物や製品が集まっていたことをかなり具体的に確かめていた。女性の服一着をつくるのにもどれほどさまざまなものが世界各地から集められていたことか。

十八世紀の英国における上流階級の婦人ひとりひとりがまさにミニチュア・ワールドといえた。といってもその数は限られていた。しかし彼女たちの人数だけでなく、十八世紀の英国人口もロンドン人口も確かなことはわかっていない。英国において、人口が正確にわかったのはやっと一八〇一年になってからで、たとえば十八世紀の英国人口は八百万前後ではないか、と推測されていただけである。ロンドン人口も八十万前後から六十万前後の間ではなかったかと思われているだけで、今でも学者間で揺れ動いている。さらにその人口のなかで上流階級が占めていた割合もそれほど確かではなかったが、〇・〇一パーセント前後と見積もっておくのが無難だろう。しかもその階級を構成していた家族数はその〇・〇一パーセントの八分の一から五分の一くらいと見積もられている。したがって婦人がたの数はかなり限られた数であった。英国全体で八百人前後だったと考えられるが、彼女たち全員がいわば世界各地における物産のコレクター役であった。

錦織はペルー、絹スカーフは熱帯地方、毛皮のマフラーは北極、ダイヤモンドのネックレスはインド、扇子は東洋、香料はアラビア、などで、彼女たちは世界地図にできるモザイク模様をじぶんたちのアイデンティティを示すトレードマークにして悦に入っていた。エルメスやルイヴィトンやイヴ・サンローランの「ブランド」はなかったが、世界各地の光り輝くいわゆる「戦利品」が彼女たちを飾っていた。七つの海に進出していた英国の戦利品の量も質も今のわれわれの想像を遥かに超えていた。

当時の上流階級の女性たちは、そういう点からだけいえば紛れもなくインターナショナルだった。しかし彼女たちの意識や自覚にはそういうグローバルな視野は入り込んでいなかった可能性もある。彼女たちといえども、服装を離れた場合には世界のことを話題にしたことなどあまりなかったからだ。もちろん当時も世界を視野に入れてものごとを考えていた数少ない女性もいたのだが、彼女たちは服装というものにそれほど関心がなかった。こういうふたつの特徴を有していたのが十八世紀の上流階級に属していた女性たちであった。しかしこういう女性における二分割は何も英国十八世紀における上流階級の女性だけの特徴でもない。

いや女性だけの特徴や特質ではない。人間という存在は男女を問わず絶えず質と量の不釣合いを内包した皮肉を背負って生きてきたのだ。これからもきっとそうなのであろう。服装がインターナショナルである女性が思考や視野の点でインターナショナルではない、という皮肉に象徴される人間的皮肉は時代的地域的なものではない。どこにでもいつの時代にも遍在している皮肉なのである。文学と物流がかかわりを持つのもこの点と無関係ではない。この関係は文学と政治経済の関係と言い換えてもよいだろう。そういう意味でいうと、文学と物流はギリシアの古典文学の時代以来相互の依存関係を有している。質と量の相互関係と言い換えてもよい。もちろんこの、相互関係という観点からの人間考察は人間個人のアイデンティティとも深く絡んでいて、多層の歴史と伝統をその構成要素にしている過去の文化の総体が個人に及ぼす影響が関係している。したがって人間個人がインターナショナルになるという点だけからいえば、十八世紀のインターナショナルな服装の女性だけがインターナショナルではない、ということにはならない。これはあくまで一例に過ぎず、こういう結果が生じるほど人間個人はもともと質と量の不均衡を抱え込んでいる。調和が取れていない。いわば歪んだ存在である。そしてそのことをはっきりした形に現したものがさまざまな個人ということになる。

わたしたちは個人という存在をかなりわかっているように、思い込んで生きている。しかし少し考えればわかることだが、ほとんど何もわかっていないともいえる。個人はみな同じなのだという前提を疑わずに信じているから、わかっていると思っているだけで、本当のところはほとんど何もわかっていない恐れがある。個人はみな同じという考え方自体を何も疑わずに信じることができるのか。現実の世界情勢を概観するだけで、このことに疑念を差し挟まないわけにはいかなくなる。それほどまでに生きている個人にちがいが見られる。

この世に人間個人が生存できる年数は最長でもオールド・パー級の百数十年だ。九百六十九歳まで生きたと創世記第五章二十七節に書かれているメトセラはひとを越えている。超人であることはまちがいない。だからこの限られた個人の生きられる期間に付き合ったり知り合ったりできる人数は限られている。世界人口八十七億の何パーセントに相当する個人を知っているのか。一億三千万の日本人のうち何人を、大阪人八百八十万のうち何人を知っているのか。限られたひとしか知らないのに、わたしたちはそれを世のなか——世界・国家・都市・社会——と称して、さも世のなかがわかったような顔をして生きている。本当は実にちっぽけな世のなかがわたしたちの世のなかであり、それが生涯それほど大きくなる可能性はあまりない。

ここ直近の二節で述べてきたことは、実は、中田の受け売りに過ぎない。彼が高等学校時代に教えてくれたことにわたしが少し脚色しただけである。しかし彼は世のなかが限られた狭い世界であることを嫌がってはいなかった。悲観もしていなかった。「有限性の有効な活用」という構想について彼はわたしにときどき熱く語ってくれた。

＊長女

難波で秋子さんと偶然会ってから数日して恵美須の事務所を訪ねたときもこんなことを話してくれた。

「関空の近くの土地は企業誘致などに使わずに公務員団地とグローバル・アクティヴィティ関係のビル群をつくるべきではないかと思っているのだがなあ。こういう計画をどう思うか君の見解を知りたい」

政治家になりたがらない中田なのだが、特に大阪という地域舞台のセッティングにはかなり強い関心を抱いていた。有限性の有効な活用の実践編ともいえるような「大阪のバックボーン構想」をはじめとして、近未来における大阪に関する興味深いヴィジョンを中田は持っていた。そのヴィジョンの柱は、「何でも受け入れる活力漲る容器」という大阪のプラス・イメージであった。大阪と国との連携による国際化を組み込む近未来プロジェクトであった。大阪府知事になれる資格が十分あるとわたしは確信していたのだが、中田はそういう政界進出の希望を全く持ち合わせていなかった。

中田にいわせると、「関空近くの土地」は企業には向いていない。大企業の将来構想担当の重役チームがあそこの土地に大いなる関心を向けることはあまり期待できない。かれらは将来、といいながらも、今の収支勘定を無視できない精神構造の持ち主であるからだ、ということであった。だから、大企業などに頼らず、現在関西各地に分散している国家公務員用の宿舎と地方公務員用の諸施設をまとめて、あそこの土地を「公務員のためのハウジング・アンド・スタディイング・エリア」として活用して、今の諸施設の跡地は公共の労働者団地にすることを中田はわたしに語ってくれたことがあった。

彼のこの構想は「グローバル・アクティヴィティ」構想とも深く関連していた。彼にいわせると、国家公務員も地方公務員も共に何らかの形で「グローバライゼイションへの積極的参加」を必要としている。したがって或る程度は強制的に関西在住の外国の公務員と接触させる必要がある。「関空近くの土地」はそのために適している。あそこの土地を公務員用のインターナショナル・レジデンス兼ラーニング・キャンパスとして有効活用すべきである、というのが彼の持論であった。

中田の話を聞いているうちに、わたしは英国がかつてのドックランドを再開発して清潔な街づくりをやっていたことを思い出した。中田はロンドンを訪ねたことがない。だからテムズ河のタワー・ブリッジよりもさらに南側の土地再開発計画を知っているはずがない。しかしわたしは彼の話を聞いているうちに、ロザーハイズやラガード・ミューズ、ガリヴァ・ストリートなどかつてわたしじしんが歩いた場所と「関空近くの土地」を頭のなかで比較していた。

そうしているうちにさらに連想が広がった。英国の地名には貴族の名前だけでなく、道路の工事責任者の名前とかそのあたりにかつて住んでいた野鳥——たとえば青サギ、アジサシなど——、さらには古典的文学作品に登場した地名や人名などが利用されているが、大阪にもよく似た名前が残っている。美味い鋤焼が食べられる大和屋のある「宗右衛門町」もそのひとつ。しかし今ではかなり少なくなっている。

静かな料亭のあった「炭屋町」という町名も抹消してほしくなかった。炭とか炭屋といった日本語自体なくしてほしくない。これは感傷的なノスタルジアのためではない。木炭とか炭火とか炭火焼がどれほど日本人を支えてきてくれたことか。「学問のさみしさに耐え炭をつぐ」とか「或る夜半の炭火かすかにくづれけり」がすんなりと心に入ってくるのが本来の日本人ではないのか。そんなことを勝手に考えていると、中田が「こら」と言った。さきほどわたしの見解を求めたのにわたしが黙って勝手なことを考えていたのを制止した発言だった。

「物流を考えているからかも知れんが、物流に大いに貢献した河を二十一世紀の大阪は見直さなあかんと思うのだけどねえ。ロンドンも十八世紀にはテムズ河をよう利用したんや。キュー・ガーデンのあるリッチモンドから文人が船でロンドンへ下って行ったときなど、近くの村々の産物を積んだ仰山の船に出会ったそうだよ。明るい表情の働き者の男女が乗っていて、品物をロンドンで完売してみせる、と意気込んでいたそうだ。テムズ河の両岸は次第に人口も増えたし、産物を商う商人も増え、テムズ河近辺が物流の中心になったらしい。昔の淀川近辺とちょっと似ていたようだよ。こういう物流の原点みたいなところを忘れると、市民社会ちゅうもんはわからんようになるのじゃあないかねえ。君のいう公務員宿舎とグローバル・アクティヴィティとかいうアイディアとちょっとどうもちがうようにも思うけど、ぼくはかつてのロンドンのロイヤル・エクスチェンジみたいに関空近くの土地をエンポーリアムにしたらええと思っているのだがねえ」

「エンポーリアムいうたら、商業とか市場の中心地のことやなあ」

「そうだよ。全世界の商業の中心地にするのだよ。全世界から仰山の商人に集まってもろうて、大阪を物流の基地にするのだよ。君のいうグローバル・アクティヴィティの第一号になるかも知れないねえ。ついでにぼくのとっておきのアイディアを君にだけ内緒でリークしておくとねえ、エンポーリアムに加えて、インターナショナル・メディカル・センターを併設するといいと思うよ」

「何で商業の中心地に医療センターが要るのかちょっとわかりづらいのだがなあ」

「あのねえ、生きている者はねえ、年を取るのだよ。どこの国のひとたちも同じだよ。世界からわざわざわが国にやってきてくれたひとたちの健康管理維持と総合医療の面倒を看るのが当然じゃあないかねえ」

「君はなあ、いつの間に医療従事者に変身したのかいな」

「ぼくは医療従事者にはなれないけど、特に老いたる者には医療が必要であることくらいはわかっているつもりだよ」

他愛ないといえば確かにそうだが、まんざら空想でも幻想でもない大阪の将来構想を話しているうちに、時間は容赦なく過ぎてゆき、肝心の秋子さんのことを切り出す時間的余裕がなくなりかけたので、わたしは慌てて訊いた。

「こないだ難波で秋子さんに会ったよ。何かあったんか」

中田はすぐには答えず、通天閣の方角をじっと見上げながら沈黙を保っていた。それから五分ほどしてやっと重い口を開けた。ロンドンにいたわたしに手紙を出してから数か月して秋子さんの妹さんが結婚したのだという。

中田の奥さんは、秋子さんの妹さんが早く結婚したあと以前にも増して秋子さんを結婚させようと、いろんなひとに頼んでお見合いをさせたそうだが、秋子さんは首を縦に振って結婚に同意するということはしなかったという。

中田が秋子さんには好きな男がいるのでは、と思うようになったのは何回目かのお見合いのあとであったそうである。そしてそれから数年経って、男の存在がわかった。わたしが秋子さんと難波で出会う二か月前であった。だがその男がどういう男であるかについては中田も彼の奥さんも妹さんも知らないらしい。秋子さんは頑としてその男のことは誰にも話さないようなのだ。そのために、特に中田の奥さんつまりじぶんの母親の繰り返される詰問に耐えられなかったのか、それまでずっと住んでいた石橋の実家を出て、昔の炭屋町に下宿することになったらしい。

「ひとつだけ手がかりがあるのや」

中田が独り言のような弱い声で言った。

「関西大学の助教授らしい」

わが国における教授の職階下位の呼称が「助教授」から「准教授」に変わったのは2007年からで、今は、もちろん、従来通りの助教授という呼称は使わないが、われわれふたりがこういう会話をしていた頃はまだ助教授を使っていた。

「名前は」

「知らないのや。秋子にわからんように調べて、俺に報告してくれ、と言いたいところやが、君にそういうことまでさせるのは気が引ける。そうかいうて、ディテクティヴに頼んで調べてもらうのも気が進まないのや。まあ秋子ももう大人やさかい、俺はもう少し黙っとこうと思っているのやが、家内がとにかく煩いのや。あんたは無責任や父親なのにと叱られているのや。近頃はしょっちゅうがみがみ文句を言われているのや。シェイクスピアもあんながみがみ女を登場させた芝居をつくったのやから、かなり奥さんに煩く文句を言われていたのかもしれんなあ」

わたしは、そのときは調べるとも調べないとも言わなかった。しかしそれ以来秋子さんの好きな男のことが気になった。関西大学なら友人も何人かいる。秋子さんの好きな男について調べることは難なくできる、とそのときは思った。しかしそれは見当はずれだった。そんなに容易なことではなかった。

関西大学助教授というひとつの条件を満たす男性が百人近くいたからである。おまけにプライヴァシーの権利がかかわる。２００５年からの「個人情報」に関する法律の全面施行後は名簿ひとつ入手することもできなくなった。大学なども、それまでの分厚い職員録を出版しなくなった。もちろん、その頃は、そういう時期に突入する少し前ではあったが、名簿だけではどうにもならなかった。仕方なしに英文科に属している友人との雑談を重ねていくというオーソドックスな方法を取った。雑談をしていくうちに、少なくとも文学部の助教授に関する情報は入手できるかもしれない、と思えるようになった。

しかしその友人は研究の虫なのであった。ピタゴラスの「豆を食う勿れ」という戒めに逆らって豆をかじりながら他人の悪口を言う楽しみを知らなかった。そういう楽しみを味わうにはもう少し俗人になる必要がある、とわたしが思うほどなのであった。その友人は学問の話や学内政治のことは話題にするが、個人の問題は全く話題にしなかった。セクハラ、パワハラを恐れていたのかもしれない。いやそんなことには全く関心のない聖人だったのかもしれない。

情報というものは意外なところから飛び込んでくることもある。眼に見えないところに情報のネットワークが存在しているのかもしれない。わたしたちの眼に見えないだけなのかもわからない。わたしが勤めていた、関西大学よりもずっと小さい規模の私大の英文科の或る教授がたまたま関西大学に非常勤講師として出講していて、秋子さんの好きな助教授と思しき男性についてのかなり確かな情報を伝えてくれた。

それによると、この男性はふたりの若い女性に愛されているらしいのだが、どうやらそのひとりが秋子さんであるようなのだ。彼は十八世紀の英国諷刺文学を専攻しているらしい。十八世紀の英国文学と経済事情との関係がわたしの研究テーマで、同じ英国文学といっても、わたしの場合は、アディソンやスティールといった、定期刊行物によく文章を書いていた雑文書きのジャーナリストが中心だが、彼の場合は英国の十八世紀文学の中心といってもよい諷刺文学ということだから、かなりの部分は重なっているが、異なる部分もかなりある。

いずれにしても、この程度の情報なら、今すぐ中田にわざわざ知らせることもあるまい、と勝手に判断して、この情報を彼に知らせないまま数か月が経過した。

＊関係

しかしそれからまもなくして、秋子さん本人から意外なことを聞かされた。それは「彼」のことと「もうひとりの女性」のことであった。秋子さんはわたしにこんな過去を語った。

「彼は高2のときに私の家庭教師をしてくれていた方です。父にも母にも妹にも私の好きなひとは彼だということは言っていません。ですから誰も私たちのことは知らないはずです。知らせると反対されることはわかっていますから。

私たちは十年近く交際しています。彼からいろんなことを教わりました。英語だけではありませんでした」

少し間を置いて秋子さんは続けた。

「彼が私に最も力説しましたのは、女性であることを過剰に意識してはいけない、ということでした。女性であるという意識がさまざまな人間関係で邪魔をするから、それを避けなければならない、と強調なさっておられました。諸悪の根源は不必要なことを過剰に意識することだ、とおっしゃっていました。女性である前にひとであるのだから男性と同じようにひととして考えたり振舞ったりしなければならない、と繰り返しおっしゃっていたのです」

わたしは、頭のなかではいろいろ考えていたのだが、黙って聴いていた。

「ですから彼は私に、女性であるという余計な意識を希薄にして、友情と自信と名誉を植え付けたといってもよいかと思います。こういうことをお伝えしてもおわかりいただけないのでは、と思います。わからないのが今の日本では当然でしょうから。男性と女性の対等などという考えは一部のひとにしか理解できないことではないか、と考えています。表向きは、男女の平等をはっきり認めていても、仲間内では、男尊女卑の立法者のような意識をさまざまな点で露出させる方もまちがいなくいます。でも男性と女性の間に横たわる、大きくて厚いバリアーを外そうとしている彼と一緒にいると、不思議に想われるかもしれませんが、私は気持ちよくほっとしてゆったりした気持ちのいい精神状態になれるのです」

秋子さんは難波のパブのカウンターに人差し指を置いてうつむき加減になった。そしてしばらく黙った。それからやっと「もうひとりの女性」のことを口にした。

「でも彼には私以外にもうひとり女性がいて、その女性になにか長い詩を書いて渡したらしいのです」

彼女はそれだけ言ってやっときれいな歯を覗かせて、微笑んだ。少なくとも、顔の表情など外観上は冷静そのもので、わたしにはライヴァル意識など微塵も感じられなかった。こんなことが本当にあるのだろうか、とわたしはじっと彼女の顔を凝視したのだが、何もわからなかった。わからなかったのだが、一概に彼女が無理をして平静を保っているようにも見えなかった。彼女の強がりか、とも思ったが、そうでもなさそうであった。醒めているのか、とも思ったが、それも当たっていない可能性があった。そのとき、はっと何かを感じた。つまりわたしは彼女という女性に不思議な雰囲気というか魅力というかとにかくそっと黙って護っておきたいような大切な残像を感じたのだが、それについてはその時だけでなく今もうまく説明できそうにない。

「不思議ですね。私たちは彼のいう友情というもので結ばれているはずですので、彼に別の女性がいるからといって向きになることもないのですが、でも私のなかには彼にはわからない女性的といえるようなところがあることも否定できないのです。そういう側面がどうしても無視できないのです。どんなに彼に女性であることを意識してはいけない、と忠告されてもどうしようもないのです。こういうのがジェラシーというものなのかもしれませんね。でも彼に正直にこういうことを告白すべきかどうか決めかねています」

秋子さんによると、「彼」はその時はまだ秋子さんが、「もうひとりの女性」のことを知っていることを知らなかったらしい。

「彼」はどんな男なのだろう。「彼」の書いた論文に何か手がかりはないか。わたしは外堀から観察することにしたのであった。

近頃は学術論文の入手が比較的容易にできる。早速「彼」の英文論文一篇を入手して読んでみた。ジョナサン・スウィフトに関する論文だった。タイトルは『ケイディーナスとヴァネッサ』になっている。ケイディーナスとは主任司祭を意味するラテン語のアナグラムで、ダブリンの聖パトリック大聖堂の主任司祭になっていたスウィフトのことである。またヴァネッサとは本名エスター・ヴァヌムリという、スウィフトよりも二十一歳年下の女性にスウィフトが付けた愛称である。エスターの縮小形のエシーとヴァヌムリの前半を結びつけてスウィフトが創案した愛称で、これを第一号にしてのちほど女性のクリスチャン・ネームとして有名になった女性名でもある。たとえば十九世紀の有名な評論家のレズリー・スティーヴンは上の娘にヴァネッサという洗礼名をつけた。下の娘はあの有名な女性作家のヴァージニア・ウルフである。

「彼」の英文論文は入手できる限りの膨大な資料を駆使して、ロンドン滞在中のスウィフトとヴァヌムリ家の長女エスター、つまりヴァネッサの関係を追跡している。下宿先や滞在先まで具体的に調べている。物流に関心のあるわたしから見ると、数年にわたる男女の時間的空間的動きの点と線が交差しているスパゲッティ・ジャンクションのような立体的構造を追跡していて、まるで歴史的変遷のかかわる物流のモデルのように思えた。それで時の経つのを忘れて一気に読んでしまった。

「彼」のこの論文を読み終えてしばらくすると、まさかわたしの関心事をキャッチしたわけでもあるまいが、関西大学経済学部の友人から、スタッフのひとりが急に海外に行くことになったので、後期だけ非常勤講師を頼む、という電話が入った。

まさか待っていましたよ、とも言えず、後期だけだぞ、と勿体ぶってみせたものの、内心はこれでなんとか関大のことが以前よりもよくわかるぞ、もしかすると「もうひとりの女性」のことも何かわかるかもしれないぞ、と思って内心では北叟笑《ほくそえ》んでいた。

＊読書

それから間もなくであった。関西大学英文科の友人から、わたしにとってはありがたい情報が舞い込んだ。次の日曜日に「彼」が或る読書会に出席するから、お前も来ないか、と葉書で誘ってくれたのだ。

大阪市営地下鉄のひとつのターミナルである「千里中央」駅を上がっていくと、広場の近くに豊中市立千里図書館がある。そこの二階の或る一室が読書会の会場だった。この読書会は、友人の話では、かなり長い間続いており、一九七〇年代はじめ頃から年間四回くらいの割で開かれていて、三十年近く続いていることになる。メンバーは主に関西大学のスタッフらしいが、なかには京都大学や大阪大学や梅花女子大学、帝塚山大学、近畿大学、金襴短大の連中もいて、なかなか議論も活発らしい。かつては議論の対象となる作品の原作者も出席していたらしい。こういう読書会が長い間続くためには、優れたリーダーと世話役が必要だが、この会はその条件を満たしていたといえそうである。リーダーはヘンリー・ジェイムズの泰山北斗大西昭男さんだった。世話役は彼の教え子の宇佐見さんだった。会の名称は『グラッブ・ストリート研究会』という、何だか文学だけでなく貧困と犯罪を想起させる名称なのだが、この会は今のところは文学にだけ議論対象を限定している、とわたしの友人がにやにやしながら語ってくれた。

この読書会がその日扱うことになっていたのは富岡多恵子さんの『ひべるにあ島紀行』で、「彼」がジョナサン・スウィフトの研究者ということを知っている世話役の宇佐見さんが「彼」に参加を依頼していたのであった。この会はそれまでにもいろんな分野の専門家に参加してもらったことがあったそうである。

『ひべるにあ島紀行』の「ヒベルニア」とは「冬の国」を意味するラテン語でアイルランドのことなのだが、この小説が、「彼」の研究しているスウィフトを中心に据えて、アイルランドと「わたし」をその左と右に置いているところまではわたしにも理解できた。しかしわたしにわかるのはそこまでで、この小説がどれほど文学的に優れているのかわたしには見当もつかなかった。しかし友人の話では、この小説は第五十回野間文芸賞に輝いた小説だそうだ。ただわたしにも英国の文学や歴史を学んでいる学徒としての読み方があり、たとえばこの小説のなかの「スタンホープ」という表記の仕方が気になった。普通の表記は「スタナップ」のはずだからである。「ミセス・ジョンソン」の表記はさらに困るのではないか。文学研究者や歴史研究者でなくとも、当時の文学や社会のことを少しでも知っていたら、当時の女性の名前の前に付けられたエムアールエスは既婚者にだけ付けられていたのではなく、未婚者にも付けられていたことを知っていたはずである。さらに両者は発音で区別されていたことも知っていたはずである。既婚者の場合は「ミセス」、未婚者の場合は「ミストレス」と発音していた。したがって、あの作品のなかのジョンソンさんの場合は「ミセス」ではなく「ミストレス」でなければならない。もちろんこのジョンソンさんというのはスウィフトが女性のなかで一番長い間付き合って誕生詩や短い伝記を残した本名エスター・ジョンソンで愛称がステラという魅力的だが謎多き女性のことである。

友人の目配せで「彼」の入室を知った。これが秋子さんの友人で少なくともふたりの若い女性の愛する男性なのだ、とまずはじぶんを納得させた。短髪で身長はわたしよりも数センチ高い。一七八センチ前後か。英文学者にしては肩幅が広いし、胸も厚い。何かスポーツでもしていたのだろうか。顔の彫りは日本人にしてはかなり深い。目鼻立ちがはっきりしているし、瞳も大きい。顔の表情は穏やかである。「彼」の美点は余程の偏見でも持たない限り、誰にでもわかるものである。高貴だといっても、品位があるといっても、ディーセンシーを備えているといっても、大半の同意が得られることであろう。

読書会のメンバーによるディスカッションがひとまず終わった段階で、「彼」が感想を求められ、この小説についてしゃべり始めた。

まず、現代小説に関しては門外漢であるじぶんはこの小説を正しく評価できる立場にないことを断った上で、富岡多恵子さんは「スイフト」と表記しているが、この表記の仕方は夏目漱石の「スヰフト」からきているのかもしれないとか、現在のわが国のスウィフティアンにもスイフトと表記する者が数名いるらしい、といったことを枕にしたあとで、スウィフトに関係した記述にのみ限定して感想を述べた。

まず富岡さんの描写の優れた箇所とそうでない箇所をこれまた頁数をはっきり示して述べた。驚いたことにそれはすべて、スウィフトとステラ、ヴァネッサが関係している箇所ばかりであった。たとえば五十五頁の「世間知では、こういう場合、相手にハッキリとステラのことをもち出して話をつけるか、悪役をひき受けていかなる糾弾に出会おうとも、会うことも手紙を出すこともしないのが、のぼせあがっている恋の奴隷の熱をさます最善の方法であるのだが、そのどちらもがおっかなくて、スイフトに限らず、たいていの色男はしない」という箇所について滔滔と意見を述べた。わたしの聞く限り、どうやら「彼」は、ふたりの女性を同時に愛することに対して否定的な「世間知」なるものに異議の申し立てをしたかったのではないか、と勘繰りたくなるほど三人関係が認められるべきであることを強調しているような異議申し立てであるように思えた。

また、スウィフトと西鶴を比較した百四十三頁の「鼻孔に詰め物をするスイフトは、西鶴の前では童貞のごとしである」し、「女を食うことを避け、女に食われたことのないスイフト」といったスウィフト描写に対しても、諷刺論からスウィフトの女性観まで持ち出して、将来における女性のよりよき姿を展望していたスウィフト擁護の自説を展開していた。もちろん富岡さんがこういう「女」とか「食う」とか「食われた」といった俗っぽい言葉を持ち出した背景には、西鶴の『好色一代女』とスウィフトの「うら若き美女床に入る」とか「貴婦人の化粧室」といった、いわゆるスウィフト詩の研究者たちが用いる表現を使うと「汚い詩」に連なる一連の詩があるのだが、「彼」はそういった作品には全く触れなかった。

わたしは「彼」の話を聴きながら、この男はスウィフトとじぶんを重ねている、と直観した。しかしそこに出席していた読書会のメンバーのうち、「彼」と秋子さんともうひとりの女性の関係を知る者はいなかったらしく、「彼」の話は「彼」じしんのスウィフト論の開陳として好意的に受け取られていた。

＊類縁

九月下旬に関西大学を訪ねたわたしは、経済英語の授業を終えたあと、あの立派な図書館に入った。日本でも設備の点でも稀こう本の点でも有数の図書館であるという。秋子さんのことがなくとも、図書館利用のためだけに非常勤講師になることを数年前から考えていたほどであった。特に十八世紀の英国関係の資料はかなり揃っている。

特に、これから先はＩＴ革命とやらで、パソコンという「トイ」が幼稚園から大学さらには大学院まで占拠してしまい、感性の退化が加速度をつけて進む恐れがある。下手をすると数十年もしないうちに、書物というものの忘れがたい匂いを嗅いだことがない子供が現れるかもしれない。かつてのアレキサンドリアの図書館喪失と同じような現象が二十一世紀のわが国に起こらないという保証はどうも見当たらない。漱石が『三四郎』で先生に「亡びるね」と言わせたのは、確か日露戦争で日本が勝った後であった。あの頃に劣らないほど日本人は只今現在たるんでゆるんで痴呆の弛緩状態に在るのではないだろうか。特にわが国発のテレヴィを観ていてそう実感するのだが、これがわたしだけの詰まらない杞憂で済めばいいのだが。こういうことは気が付くのが遅れると取り返しが利かなくなる。そういったわが国の現状を背景にして遠い将来を展望するとき、もしもあの関西大学図書館が今のままで残るならば、あそこは貴重な場所として珍重されることになるかもしれない。もっともそれはあと千年も人類が無事でこの地球上に生存していることができれば、の条件下においてである。

さらにアレキサンドリアのあの図書館のような喪失の運命に遭遇しないことも願わずにはおれない。ひとという生きものの狂気がいつどこで牙をむくかわからないのだから、そういう不安からも逃れられない。核戦争の開始釦を押しかねない狂気のリーダーがどこかの核保有国にいないとはこれまた保証の限りではないからである。そこまでいかなくとも、自国の破壊破滅を企てる闇の集団が核保有国にいないという保証もない。地球上の強大国には、どうも常に闇の奥が広がっているらしい。ジョゼフ・コンラッドよ、もう一度この世に舞い戻ってひとの闇の奥を探ることを主題にした小説を書いてくれないかい。

そんなことを取り留めなく想像しながら、地下の書庫で十八世紀の雑誌を調べていると、どこかで聞いたことがある大きな声が聞こえた。

「あらっ、ナベさんやない?」

驚いてわたしは振り向いた。そこにはロンドンのロンドレットでわたしに「英語で困りはったら遠慮せんで、うちにきいて」と言った「藤本という女性」がいるではないか。洋書を数冊小脇に抱えてわたしをじっと見ている。こういうことがほんとうに起こることがあるのか。リアリズムに欠ける小説ならともかく、現実にこういうことがほんとうに起こるのか。日本人一億三千万人がどこかで再会する確率はどのくらいあるのであろうか。これもまた稀有というべきなのか。しかしこういうこともまた起こり得ることがあることもまた皆無ではない。それもまた否定できない事実なのだ。この世には稀元素なるものも存在するではないか。だからこういうこともモリブデン並みに起こることがあることをわたしはじぶんの体験から肯定したいと今は考えている。わたしは、それでもやはり、そのときは実際素っ頓狂な大声を上げてしまった。

「あれー、あのー、うわー、ロンドンではどうも」

そうわたしが言った直後「藤本という女性」は書庫のなかにもかかわらず、大きな声でわたしにわたしとロンドンで別れてからのことを数分間捲くし立てた。

わたしなどは、図書館の読書室や書庫では、かなり意識して小さな声で話すし、数分も話す場合は場所を変えるのだが、この女性はそういうことには一向に無頓着だった。おまけに声が大きかった。しかし、そういう点を除くと、なかなか何でもてきぱき出来そうなタイプの有能な女性に見えた。

数分間におよぶ彼女の話によると、わたしとロンドンで別れたあと、しばらくしてミシガン大学に戻り、アメリカ文学でピーエイチディー（博士号）の学位を取得して日本に凱旋したまではよかったのだが、その頃わが国ではバブルがはじけて、大学の教員もそのあおりを受けた。新任教員の採用手控え、定年年齢の短縮など不景気が象牙の塔であるはずの大学も襲った。俗にいう「アメドク」を取得していた彼女も専任の口が見つからず、非常勤講師をいくつかしながらなんとか生活している、ということであった。その非常勤先のひとつが関西大学であった。

「何学部で教えているの？　ぼくは経済学部だけど」

「社会学部。阪急の駅から一番近い学部やから。私これから文学部にちょっと用事で行きますけど、ナベさんは？」

どうやらことば使いが少し変わってきたようだ。ロンドンでは確か「うち」とじぶんのことを言っていたと思うのだが、今は「私」になっている。

「ぼくはもう少しここにいてから帰るよ」

「あっ、そう。じゃまたどこかで」

同じ曜日の出講だからまた会えるかもしれないね、と言って、そのときは別れた。彼女がなぜ文学部に行くのか、ということに関しては、そのときは全く関心がなかった。

ところが、思いがけず、彼女が非常勤講師をしている大阪市立大学（作者注：今は大阪府立大学と合併して大阪公立大学という名称になっている）の友人から意外なことを聞くことになった。この友人というのは経済学部の教授だが、奥さんが近畿大学文芸学部に英語英文学の非常勤講師として出講していて、「藤本という女性」の噂を近畿大学で聞いてきて主人であるわたしの友人に確かな情報として流した。その情報によると、「藤本という女性」も近畿大学に非常勤講師として出講しているのだが、たまたま近畿大学文芸学部に「彼」を知っている関西大学英文科出身の助教授がいて、或るとき「彼」の研究室を訪ねた。なかから何か口論をしている声がしたものだから、なかに入るのを躊躇っていると、なかから「藤本という女性」が飛び出してきた。あとで「彼」を問い詰めると、「彼」は「藤本という女性」と無関係ではなく、大阪大学文学部英文科の先輩と後輩の間柄であることまではしゃべったが、それ以上は頑として言わなかった。ところが、近畿大学で「藤本という女性」に聞くと、「彼」との関係をあっさりと認めたという。

大阪市立大学のわたしの友人の奥さんがどうしてこういう個人的なことを主人である友人に言ったのか、わたしにはよくわからないのだが、わたしはその時改めて世のなかの狭さを感じた。「彼」のことも秋子さんのことも「藤本という女性」のことも中田にしゃべる気になれず、この話は詰まらぬゴシップとして片付けられるところだったが、世のなかはどうも意外性にも満ちているようである。

この話が再熱した。場所は難波のパブだった。秋子さんと三回目に会ったときであった。彼女は以前に比べて顔色が冴えていなかった。疲れているように見えた。

「体調は大丈夫なの？」

わたしはそれくらいしか言えなかった。肌の白い彼女が弱いライトに照らされていた。舞台上で悩んでいる役を演じている女優のような雰囲気を醸し出していた。カウンターの内側で椅子に座り両手を膝の上に置いて床を見下ろしたまま無言であった。しかししばらくしてから静かにゆっくりじぶんを納得させたいかのようにこう言った。少し前かがみになっていた。肩の線がその日はいつもよりも少し低くなっているように想われた。何日もひとりで悩んでいたのかもしれない。

「彼から手紙が来ました」

ぽつりと、はじめてのことを、じぶんを含めて知っているひとに告げたいかのようにわたし相手に漏らした。「彼」が、いずれわかるだろうからその前にじぶんの方から知らせておきたい、と考えて、もうひとりの女性のことをかなり詳しく秋子さんに封書で知らせたという。

わたしの関心は「彼」の手紙の中身よりもまず手紙を「彼」からもらった時の秋子さん

に向かった。ぶっちゃけていってておくが、当時のわたしじしんはもうどんなに美しい女性を見ても、容貌の魅力だけでのぼせ上がるような年ではなかった。しかし苦悩を内に隠していたはずであったその時の彼女に現れていた陰影が生じさせていた哀しさを湛えた美しさは、薄紫の衣に包まれて不思議な輝きを放っていた。常日頃鈍感そのものであるわたしの真情と直結した感覚をその美しさが姿を替えた光の矢で射抜いた。だからわたしは思わずはっと息を呑んでしまった。

彼女は一メートル七十センチくらいの、日本女性としてはかなり長身で、体つきは繊細で華奢な感じである。肌の色は日本人のなかではかなり目立つほど白い。ＮＨＫの総合テレヴィで関西の道路交通情報をかつて担当していた情報センターの元職員の大橋沙紀さんと同じくらい白い。それに瞳が涼しい。鼻はそれほど高くない。口は小さ目である。顔全体の輪郭はいわゆる面長である。髪は黒い。化粧はほとんどしていない。肌がきれいだから、化ける必要などないのかもしれない。総じて、大抵の若い感性豊かな男性なら一度見たら生涯忘れないと思えるような顔とからだの肌色の持ち主と評してもよい。それほど肉体的にも垢抜けしていたのが当時の秋子さんであった。

特に彼女の広い額の下の黒い瞳は涼しげな感じを与えただけでなく、静かな輝きと穏やかな威厳を覗かせていた。その涼しさと輝きと威厳が醸し出していたのはひととしての慈愛の思いやりだったのだが、この思いやりは、ぬくぬくと毛皮のコートで身を包んでいながら、舞台上で貧しい子を演じている俳優に「可哀想」を連発するような身勝手なものではなかった。ユーモアを解する感性的精神的特質と、いつでも茜色に染められるからだが、渾然一体となって発する、ひとの思いやりといえるものであった。かなり異なるところももちろんあったのだが、有名作品に登場する女性のタイプでいえば、モームが造型したロージーに近かった、といえたかもしれない。特に彼女の純粋愛はロージーのものに近いものであったのだが、エロス的な面では、かなりの違いが在ったように当時のわたしも想像していた。

服装も清潔第一で、主に着用していたのはカジュアルな服装であった。からだにはほとんど装飾品を付けていなかった。靴も実用第一であった。フェラガモとかエルメスなど、いわゆるブランドものではなかった。威厳は化粧品や装飾品やブランドものとあまり相性がよくないと彼女は想っていたのかもしれない。女性を活かすのは身に付ける品物ではないと考えていたのかもしれない。いやもっと突っ込んでいうと、品物が女性を殺す、と確信していたにちがいない。

秋子さんには、彼女のためなら死を賭しても悔いないと無意識に男に思わせるような、そんな気品と品格が備わっていた。当時わが国では、「品格」ということばが大流行で、そういうものを持ち合わせていないと思えるようなひとがやたらと品格を口にしたり書いたりしていたのだが、かれらは一度秋子さんに会って、品格というものがどういうものか、じぶんの感性で確かめた方がよい、と当時のわたしは考えていた。そう思ってはいたのだが、それではお前にそういう品格が備わっていたのか、と訊かれれば、ネガティヴな形でしか答えられなかったことはいうまでもない。

「彼」の手紙に書かれていた「もうひとりの女性」のことを秋子さんはしゃべってくれた。しゃべるときの瞳は大きく開かれ、心なしか彼女の肌が茜色に染まったようにわたしは感じた。わたしの偏狭な錯覚からだったのかもしれないが、その染まった肌がまもなくすると白みを帯びてきた。

どんなに烈しい嵐になっても六百フィートよりも深い海底は影響を受けないそうだが、そのときの秋子さんは自らの心底を揺り動かしかねなかった事実を突きつけられながら、そのことを淡々とした口調でわたしに語ってくれたのであった。

「もうひとりの女性」は「彼」の十四年後輩だった。一口に十四年というが、これは決して短い期間ではない。ひとの一生のなかでも、これだけの期間は多くのものを含んでいる。ましてや若い時の十四年というのは、老いた時の十四年とは比較にならないほどさまざまなものとことを実体験する期間である。ひとがひととして変わり続ける時期である。「彼」

がこの期間に実体験したことやものは計り知れないはずであった。大学院時代と専任講師時代と助教授になり立ての頃がこの期間に含まれていた。

もちろんそのことは「もうひとりの女性」についても同じようなことがいえるであろう。彼女は「彼」が大阪大学英文科の助教授をしていたときの学部生であった。「彼」の先輩のアメリカ文学講座教授の石井氏の教え子であった。弁舌爽やかな「彼」に憧れて彼女もまた大学院修士課程に進学し、「彼」の勧めでミシガン大学に留学していた。どの程度「彼」と親しいのかといったことは一切秋子さんへの手紙では触れられていなかったそうだ。ただこの女性は秋子さんとはタイプが全くちがっている、ということだけ書いていたという。

ふつうの女性なら、じぶんの好きなひとにじぶん以外に女性がいることを知ると、なんらかの烈しい敵対的反応を示すのではないか、とわたしは思うのだが、秋子さんはそういう反応を少なくともわたし相手には示したことがなかった。そういういわゆる妬みとか嫉妬といった感情と無縁のように、少なくとも表面的には見えた。しかしわたしは彼女の内面に、まるで土足で踏み込むようなことだけは、決してしてはならない、とじぶんに言い聞かせて彼女と接していたせいだったからか、それともそういったことに鈍感なわたしの浅薄さのせいだったからか、とにかく、彼女の内面については何もわからなかった。世のひとたちは妬みと嫉妬をどうもごっちゃにしているようだが、心理学的にはそこにはかなりはっきりした差異があるような気もする。そうなのだが、わたしにはその程度のことしかわからない。ただわたしの記憶のなかには、そういう差異よりも、シェイクスピアが『ヴェニスの商人』のなかで、嫉妬には緑の眼があることを思い付いたことの方がより興味のあることとして、脳裡に残っていた。だから彼女の黒い瞳が緑に変色していないことだけを確かめながら、話を聞いていた。そしてこんな間の抜けた質問をしたのであった。

「彼にはもう返事を出したのですか」

わたしのこの質問に彼女は首を横に振りながら、こんな謎めいたことを言った。

「どんなことを書いても彼には今の私の気持ちは理解できないでしょうから。私、今はわかってほしいとも思っていません。でももう少し時が経つと、私の友情が私への友情よりも強く烈しいものであったことがおわかりになるのでは、と勝手に考えています」

秋子さんの、こうした、抽象的でわかりにくいことを、一見したところ、冷静沈着な言葉を選びながらわたしに告げる精神状態は一体どういうところから発しているのだろうか。もう「彼」を愛していないのだろうか。それとも愛とは耐えることと思って、じっと我慢しているのであろうか。わたしはそんなことを漠然と考えながら、アイルランドの大詩人イェイツが若いときに書いた、珍しい小説の一節を思い出していた。

彼は、「恋愛とは幻影が戦う戦場である」と書いたあと、こんなことを書き加えている。

完全なる恋愛と完全なる友情とは実際両立しない。なぜなら、一方は戦闘員の脇で幻影が戦う戦場であり、他方は「相談の女神」が住処とする穏やかな田園だからだ。……一方が弱く他方が強い、また一方が不器量で他方が美男子、一方が導き他方が導かれる、一方が賢く他方が愚か、というのであれば、二人は瞬時にして恋に陥っていたかもしれない。友情は対等の上に成り立つが、恋愛は対等ではないところから始まるからだ。

こういう恋愛論に反駁したい方々は、モード・ゴンとの関係などさまざまな人生体験を経たあとのイェイツじしんを含めて数多いことであろうが、それはともかくとして、「彼」との対等を望んで、秋子さんは「彼」のいう「友情」を受け入れたのだろうか。エロスなど秋子さんにも「彼」にも要らないのだろうか。わたしにはよくわからなかった。こういうことはもしかすると本人にもわからない人生の不可解なることに属しているのかもしれない。そんなことも想った。特に変わり続ける個人という存在にとっての恋愛などというものは、厄介極まるものにちがいない。そうとも想った。

「彼」と秋子さんと「もうひとりの女性」の関係は、どうも世間でよくいう「男女の三角関係」とはいささか違っていたようだ。「もうひとりの女性」がどう考えていたかはわたしにはわからなかったが、少なくとも秋子さんは「彼」との性的関係を望んでいなかったかもしれない、とわたしは考えていた。「彼」もまた、秋子さんの話を信じる限り、性的関係を持とうとはしていなかったように見受けられた。秋子さんのことを、男性の友人と同じように考えている、と彼女は言っていた。ただ男性の友人には付けていない、神格化の象徴ともいえる愛称を彼女に付けていて、ふたりだけのときとか、手紙のなかでは、その愛称を使っていたらしい。しかし彼女はその愛称をわたしにも教えてくれなかった。それでいて、ふたりは、彼女の言葉をそのまま使うと、「セクシャル・パッションから完全に解放されている関係」だということであった。古来洋の東西に関係なく、何十億何百億の個人が、程度の差こそあれ、経験し体験してきた恋愛関係とは異なっている関係、恋愛のいわば伝統、因襲とも、個人の性的関係のエクスタシーとも、異性美に対する崇拝とも、報われないパッションの苦悩とも、哀願の祈りとも異なる、ふたりだけが共有していた友人関係を「彼」と秋子さんはこれまで維持してきた、とじぶんたちじしんが本当に思っていたのであろうか。

しかし、だからといって、秋子さんがエロスに対する世間の憧れや確信を嘲笑したり軽蔑したりしていたわけでもなかった。エロスに対する信仰など一時的なもので長続きするわけがない、その証拠に、世間でいう「大恋愛」の末に結婚した男女がその後どうなっていくか、関空離婚とまではいかなくとも、十年も続かないカップルがいかに多いことか、といったパブのお客の恋愛に対する嘲笑に秋子さんが同意とか軽蔑を示したことは一度もなかったようだ。

さらに夫婦関係を嘲笑したこともなかったようだ。妻は夫に従順であるべきだ、とか妻は夫の人生行路を指示できる唯一の星であり、妻たるものは大人しくて温和で穏やかで、たとえ夫がひねくれていて性悪で妻を馬鹿呼ばわりしたり、妻に暴力を振るったりしても耐えなければならない、星が一番輝くのは闇夜なのだから、と訳知り顔で妻の道を説くことなどしなかったのではないだろうか。「わが夫はわれよりも偉い」などと妻に言わせる夫になりなさい、とパブのお客を説教したこともなかったのではないだろうか。妻帯者のお客に向かって、恋愛時代が甘ければ甘いほど結婚後は茨の道よ、と女性という性を持った存在の結婚後における迅速なる転向を預言者面して言ったこともなかったのではないだろうか。

秋子さんが「彼」との間で求めていたのは、一緒に居て感じるカンファタブルな心地よさと気持ちよく話ができることのふたつだけでした、とパブでふたりだけのときに彼女はわたしに告白してくれた。

「それだけなのです。でもそれだけが私には一番大切なことだったのです」

　こういう秋子さんの言葉を聴いて、わたしは、それは無理だ、あなたは若いし、魅力があり過ぎるくらいあるから、と言いたかったが、口から出したのはこんな詰まらない言葉だった。

「ほんとうにそうだね。少なくともぼくは秋子さんの味方だからね」

　しかしこれだけは本当であった。わたしじしん若いときには、異性間の友情などあり得ないと思っていたのだが、五十歳を過ぎた頃から、ひょっとすると可能かもしれない、と思うようになっていたのだ。だから秋子さんに「ほんとうにそうだね」と言ったのはまんざら嘘偽りでもない、と今のわたしは思っている。しかし、そうはいっても、秋子さんのような若くて魅力的な女性のいう異性間の友情というのはやはり信じがたいことでもあった。なぜならわたしにも若いときがあったし、若い男性がそういう、植物系の草食動物的関係を自らの肉体を根拠に認めたがらないこともじぶんじしんの過去の経験体験からわかっていたからである。

　もしかすると「彼」は、秋子さんが意識するようになった頃にはもうあまり若くはなかったのかもしれない、とわたしはひがみ根性からじぶんの説を肯定したいものだから、そんなことを考えていた。秋子さんには叱られそうだが、短絡馬鹿のわたしはすぐ結論を出したがるところがある。精神的喜びが肉体的愉悦の欠落に耐える力を有している、と思い始めている今でも、こういうことを短絡的に考えたがる習慣だけはまだ残っているようである。サミュエル・ジョンソンではないが、習慣は良くも悪くも、凄い、と今更ながら驚いている昨今なのである。

もちろんわたしは別のことも考えていた。もしかすると「彼」は秋子さんが考えているように、女性を男性と対等であると心底から確信している本物のフェミニストで、女性という存在は、結婚とは無関係に、男性から最高の尊敬と友情を得ることができる、自由で知的なジェントルウーマンである、と思っている男性かもしれない。あらゆる先入観、偏見から心が解き放たれていて、あいまいでよくはわからないことや透明な眼力を歪めるファンシー頼みの、理性を眠らせておいて勝手にパッションに火をつけるようなタイプではないのかもしれない。たとえていえば、白壁のままの心情から引き出される現象の分析と解剖を淡々と行うタイプの優れて有能で知的なジェントルマンなのかもしれない。そんなことをわたしは考えていた。

ここでジェントルマンという言葉を使うのはあまり適当ではなかったかもしれない。「彼」は、英国史に登場する不労所得者のジェントルマンと違って、働いていたからである。しかしその点を別にすると、「彼」はジェントルマンの有資格者だったかもしれない。

英国の歴史を少しかじっているわたしなどは、ジェントルマンという言葉を聞いたり読んだりすると、「贅沢な暮らしと閑暇」だけでなく、高貴な身分に生まれついた人間の義務を意味する「ノブレス・オブリージュ」というものを有する、ないしは有すべき貴族から、封建身分を表わす家紋を付ける特権を許された歴史的なジェントルマン、さらには国王や貴人の侍従となっていた育ちの良い義侠的な側近の「立派な人」で他人の気持ちをよく考える名誉ある個人など、さまざまな歴史に登場した多くのジェントルマンが、わっと、まるでセンス・オヴ・ザ・パーストを揺り動かされたあとみたいに、書物と耳から手に入れた知識に頼って飛び出してきて、じぶんでジェントルマンと書いておきながら、しまった、こういう言葉は使わなければよかった、と後悔することがある。だが、こういう個人的連想や感想を離れると、ジェントルマンという言葉の持っている重層的な意味から「立派な人」だけを取り出すと、「彼」はジェントルマンだったのであろう。少なくとも秋子さんが「彼」のことを話すことによってわたしにそういう印象を持たせていたのは事実であった。

秋子さんによると、「彼」は恋愛至上主義者とまではいかないまでも恋愛に憧れる男女が抱きがちな憧憬を持ち合わせていなかったらしい。ロマンスの主人公にじぶんをしたがらない男であったそうだ。といっても想像力が乏しいわけでもなかった。恋愛小説を読まないわけでもなかった。ただ世間の大半の男女のように、「うまく騙される」タイプではなかったということらしい。

この世のなかにはわたしのように、じぶんの欠点弱点も妙な奇癖も見破られまいと、あの手この手で偽装を施し、わけのわからない矜持に支えられて生きている男女が多いのだが、「彼」はそういう偽装が嫌いで、堕落に支配された世のなかの、ありとあらゆるインチキ薬のような考案物も装置も好まなかったらしい。だから老化防止薬も化粧品も女性の名誉のために認めなかった。人工的なもの、不自然なものを嫌い、秋子さんに「自然に生きよう」と繰り返し言っていたらしい。都市伝説派というよりも自然没入派だったらしい。そして、厚化粧したくなったら、スウィフトの「うら若き美女床に入る」を読んでみなさい、と忠告したそうだ。

わたしはこの詩を読んだことがなかったので、秋子さんに会った翌日図書館で読んでみた。サブタイトルは「女性の名誉のために」となっている。全部で七十四行の比較的短い詩だった。

第一行目は「ドルーリ・レインの誇るコリーナ」となっていて、当時の女優のことかと想ったが、違っていた。第二行目に「彼女に憧れるどんな田吾作も失望しない」とあり、さらに次の三、四行目に「コヴェント・ガーデンもこれほどうらぶれながらもきらびやかさを装っている街の女性を自慢したことはない」とある。

スウィフトの時代のドルーリ・レインやコヴェント・ガーデンといえば、劇場が賑わっただけでなく、娼婦が出没していた場所としても有名であった。だからこの詩のコリーナは女優ではなく娼婦であることがわかる仕掛けになっているのであった。そういうことが詩を読み慣れていないわたしにでも次第にわかってきた。

夜更けに四階建てのアパートの「私室」に戻ったコリーナはどうしたか。壊れた三脚椅子に座るとまず「人工の頭髪」つまり「かつら」を外す。次に「ガラスの眼」つまり「義眼」を抜き取って磨き、傍らに置く。その次は「眉毛」を外すのだが、この毛の材料は「鼠の皮」である。これを仕舞っておく場所は「プレイブック」である。つまり芝居の筋書きなどが書かれている冊子の間である。この次は「プランパー」つまり頬を膨らませていた「詰綿」だ。その次は「総入れ歯」。その次は「ぼろ布」だが、これは乳房を膨らませるためのもの。次は「スティール枠入りの胴衣」。その次は「ボウルスター」つまりクッションのような「人工のヒップ」である。これだけ多くの付属部品を付けた女性が十八世紀のロンドンにいたのだろうか。

わたしはここまで読んできて、その先を読むのを止めた。コリーナの侘しさがここまで、つまり二十八行まで読んだだけで鈍感なわたしにも伝わってきて、コリーナの名誉のために、換言すると、牧歌や田園詩に登場するうら若きコリーナの余りの老醜化のために、これ以上は読むに忍びないと思って、この詩が載っている『スウィフト詩集』はその場で図書館に返却した。日本語の訳があるのかどうかわたしは知らないが、日本人の優れた特性である温和さから判断して、こういう詩はあまり読まれないだろう。しかしこういう汚い詩を「彼」は秋子さんに読むように勧めたという。「彼」には或る種の悪趣味とか露悪趣味とかというものがあったのであろうか。まだその点は何ともいえない。まだ何の手掛かりもなかったからである。

次に彼女に会ったとき、この詩のことをわたしから話題にしたが、彼女は乗ってこなかった。無言で微笑むだけだった。わたしにはこの微笑が謎めいて見えた。パリのルーブル美術館で見たモナ・リーザの微笑などよりもずっと純粋なものであるようにわたしには想われた。貴婦人か既婚婦人か何か知らないが、リーザさんの微笑は純粋なものではない。あれは複雑な含み笑いで、皮肉と陰険さと白々しさがない交ぜになって篭もっている。あれに比べると秋子さんの微笑は純粋そのものだ。彼女の微笑を知った者は幸いなりだ。彼女に相応しい美徳の象徴である。わたしはなぜか秋子さんを護る側に立っていた。

秋子さんは、「私に対してあんな詩を彼は勧めたのです」と言いたかったのかもしれない。スウィフトが誤解されてきたように、「彼」も誤解を招きやすい男では、とわたしなどは憶測するのだが、秋子さんはそういうことはどうも認めたがらなかった。「彼」の会話の能力を根拠に、女性だけでなく男性にも好感を持たれているはずだ、と彼女は主張していた。気持ちよく会話ができるのだから、「彼」との、喜びをもたらしてくれる友情には恋愛に付き纏って離れない不安というものがない。それどころか、心の安らぎが得られる。確かに「彼」は英雄でも有名人のお坊ちゃまでも騎士でもない。女性を甘やかすお世辞上手な男性でもない。それなのに、いつまでも付き合っていたい、いつまでも話をしていたい、と相手に思わせるだけの強力な引力、牽引力、魅力がある、と秋子さんは確信しているようであった。

無論「彼」にも欠点も弱点もあったかもしれない。女性に対しても相当辛辣であったらしい。人並み以上に自己中心的な女性なら、「彼」の批判的指弾に耐えられなかったかもしれない。その証拠に「もうひとりの女性」とは何度も口論をしてきたというのだ。しかしこういうことをわたしに言うときの秋子さんには、やはりライヴァル意識が無意識に介在していたのではないか、とわたしは思ったが、口には出さなかった。

人間関係では相手をどこまで信頼できるかが相手と長く付き合えるかどうかの決め手になる。その点でいうと、秋子さんは「彼」を信頼しきっていたようであった。「もうひとりの女性」の存在を知ったあとも、少なくとも表面上は全く変わっていなかった。

＊境目

ロマンチックな幻想などは十七世紀のロマンスを引きずっている滑稽なファンシーに過ぎず、怠惰と衒学《げんがく》から出たものだ、スキャンダル、レイリングなどと同根である、と「彼」は秋子さんに主張していたらしい。そして彼女もそういう発言や主張が気に入っている、というのだった。このあたりは説明し出すと、むずかしいことになりそうだから、わたしなどはあまり深入りしたくないのだが、秋子さんは、どうも反論するどころか同意していたらしい。

しかし、これはあくまで秋子さんの発言から出てきた「彼」の一面であり、「もうひとりの女性」は、秋子さんの理解している「彼」とは別の「彼」をはっきり示すかもわからないし、ふたりの女性が同じような評価をするとは限らない。その点は、そのときは全く何もわからなかったのだが、現時点でわかったことは、いずれにしても、「彼」の凄さをふたりとも認めていたという点である。その点からだけいっても、人間個人の相互理解のむずかしさを超えているような三人の友人関係は類稀だ、と今のわたしは以前よりも強くしっかりはっきり信じている。文学のことだけでなく、政治や経済、友人や敵のこと、さらには若さや老醜のことにいたるまで、文字通り何でも語れる異性間の友人というものがどれだけこの世にいるのだろうか。長い間にわたって付き合える異性の友人というのは、こちらの裏の裏まで嫌がらずに見ることができる、もしかすると犠牲的精神と利他願望の旺盛な博愛主義的なひとだけなのかもしれない。

そういう友人関係を「彼」と維持していると考えられる秋子さんが「もうひとりの女性」のことをはじめて知ったときにどういう反応を示したか、知りたかった。というのも、「彼」は「もうひとりの女性」に、すでに書いたように、詩まで贈っていた。しかも彼女は秋子さんと違って、パッションを内から外に出さないといった自己抑制がしにくい女性なのであった。つまり「彼」にもじぶんをコントロールしにくい女性であったということになる。先輩が後輩を指導してくれていると後輩の彼女が意識している間柄のときは、コントロールできたかもしれないが、違った気質と性格の持ち主である彼女が先輩、後輩の意識よりも友人の意識を強くして直接行動に出る、いやもっとはっきりいうと、いつの間にか恋愛感情を抱いて、「彼」と接触するようになると、果たして「彼」といえどもじぶんのプリンシプルが以前通りに発揮できたかどうか。この点ははなはだ怪しい、とわたしは想った。

彼女に与えられた詩にはそういうふたりのことが、別の名前と状況に託して語られていたのではないか、とわたしは思うようになった。彼女の変化にたじろいでいる「彼」が語られていたのではないか。じぶんのパッション全部を、つまり全身全霊を「彼」に注ごうとする「もうひとりの女性」に「彼」が征服されるのは時間の問題とわたしは睨んだ。秋子さんはどう思っていたのだろうか。訊きたかったがそうする勇気はわたしにはなかった。

彼女たちふたりの女性はタイプが違う。「彼」がどんなに機智とユーモアを発揮して友人関係を維持してほしいと願ったところで、「もうひとりの女性」はそんなことは受け入れない可能性が大いにあった。彼女にはそんな余裕などなかったのだ。芝居のヒロイン役でいえば、情熱的で悲劇的なヒロインなのかもしれなかった。彼女の内なるエロイザ的な叫びが聞こえた。「私の烈しい想いはあなたにだけ向けられている、どこに行っても何をしていてもあなたの姿が眼前にあるの」と彼女もまた言いたげに想えた。

しかしわたしはまたこうも想った。「もうひとりの女性」は恋愛小説やギリシア悲劇に出てくるヒロインともどこか違っているのではないか。どちらかといえば、十九世紀の英国に現れた「新しい女」に近いのではないか。いや、それよりも「新しい女」よりも前に出現した、夫をとことん愛した妻に似ているのではないか。

夫が刑務所に入れられると、「私も同じ刑務所に入れて下さい」としつこく頼み、願いが聞き入れられないとわかると、刑務所近くに下宿して毎日夫に面会に行ったという女性作家のテンパラメント（気質）に似たところが彼女にはあるのではないか。

秋子さんは英文学、フランス文学、ギリシア文学、旅行文学に強い関心を持っていたのだが、一方の「もうひとりの女性」は専門のアメリカ文学、なかでも、ヘミングウェイ、シルヴィア・プラス、フランシス・スコット・フィッツジェラルド―かれら三人にどんな共通点があるのかわたしにはわからない―について相当幅広く研究していただけでなく、わが国の芥川龍之介、織田作之助、三島由紀夫、黒岩涙香、梶井基次郎、に関心があった。ローマのカトゥルスやプロペルティウス、オウィディウスの詩も好きであった。この女性も秋子さん同様、どこか垢抜けしたセンスの良さが窺えたが、どうも秋子さんほど忍耐力はなさそうであった。秋子さんは「彼」が疲労からダウンしたときはそんじょそこらの「私は妻」を鼻にかけた女性に負けないくらい看病したらしいが、「もうひとりの女性」にもそういう体験があったのだろうか。秋子さんなら良妻にきっとなれる。しかし「もうひとりの女性」は、恋愛には向いているかもしれないが、妻に納まって満足するようなタイプではない、とわたしは直感的に判断した。でも彼女ならわたしのこういう予感そのものを、「そやさかい、ほんまに日本の男には外国の女に劣らず困るわ」とはっきり断言する可能性があった。これまで男性が、女性を見るとき、母親、妻、娘、さらには、商品、としてしか見ておらず、男性と対等の権利と義務を有している存在と女性をみなすことができなかった男性の歴史的社会的バックグラウンドから「もうひとりの女性」は男性に対する警告の意図を隠し持って出現した女性ともいえそうであった。そういう意味では、秋子さん同様彼女も魅力的なのだが、どうもタイプが檸檬と夏ミカンほどもちがっているのではないか、とわたしは考えていた。レモンスカッシュは好きだが、わたしには夏ミカンスカッシュは飲みにくいのだ。

「もうひとりの女性」は、実は、わたしがそれまでに二度直接会っていた「藤本という女性」のことであった。そのことを秋子さんと難波で何度か会って話しているうちにわたしは確信した。

それで秋子さんに会ってから数日経った月曜日にわたしは授業を終えたあと、彼女に会って話をしようと、わざわざ彼女が非常勤講師をしていた関西大学社会学部の講師控え室に出向いた。休み時間で教員連中が十数人いたが、彼女はすぐわかった。わたしを認めると、例の大きな声で「こんなところに何のご用?」と訊いた。

「講義のあとちょっとお時間を取っていただけませんか」

「じゃあ四時限目が終わりましたら。わたしどこで待てばいいの?」

「その頃またわたしがここへ来ます」

そう言って彼女と一旦は別れて、わたしは図書館へ行った。そして四時限目が終わる少し前に社会学部へ戻り彼女を待った。彼女は、さすがアメリカや英国で鍛えられただけあって、日本の老教員たちとは意気込みがちがっていた。授業のベルが鳴るとすぐ教室へ出かけてすぐ講義に入り、九十分たっぷりしゃべってからベルが鳴ったのにやっと気付いたとでもいいたげに、授業の終わりのベルが鳴って十分ほどして帰ってきた。手はチョークまみれであった。日本のふつうの老教員なら十分、いや十五分ほど遅く出かけ十分早く止めるのが「当たり前」で、それで虚しい権威なるものを誇示していたのかもしれないが、彼女はこういう従来の日本人老教員にみられたような日本的なる悪習には染まっていなかった。

「だいぶ待ちはりました？」

「いえ、今来たところです」

わたしは外交辞令的嘘を吐いて、彼女の「すみません」という言葉を不要にした。

「百周年記念会館の近くのカフェテリアへでも行きましょうか」

彼女が同意したので、社会学部を出て、きれいに整地された桜の並木道を通り、大学本部の前をゆっくりカフェテリアへ向かった。カフェテリアの手前には大きな樹木がある。かなり古い樹齢数百年の木だ。関大の歴史を黙って見続けてきた巨木かもしれない。

「あのあと、ロンドンはいかがでしたか？」

こんなことを尋ねることからわたしは話を始めた。

「いろんなことが仰山ありました。でもそんなことより、私にどういうご用なのですか？」

この女性はとにかく単刀直入だった。気持ち良いといえば聞こえはいいが、わたしはもう少し丁寧に考えてから答える余裕を持ってほしいものだ、と考えていた。

「じゃあはっきり言いますが、実はあなたのことをぼくの友人の娘さんから聞きまして」

勘のいい彼女は、もうそれだけ聞くと、秋子さんのことだ、ということがわかっていた。

「へえー！　世のなかというところはほんまに狭いわねえ」

「藤本さんは秋子さんのことをどの程度ご存知ですか」

「彼からお名前とお仕事のことを少し聞いただけです。でもナベさんのお知り合いなら是非一度お会いしてみたいわ」

「誤解されると困るのですが、今日はぼくひとりの勝手な希望であなたにお会いしているので、今日のことを彼女は何もご存知ないので、その点をよろしく」

「わかったわ。じゃあいつか私ひとりで秋子さんという女性にお会いしてみるわ。母の二の舞はいやですさかい。はっきり確かめさしてもらいますわ」

わたしには「母の二の舞」云々とは一体何のことかさっぱりわからなかったが、敢えて訊かなかった。

それから数日後、彼女は秋子さんの私室を訪ねたそうである。後日秋子さんから聞いた。その場所はわたしにとっても懐かしいかつての炭屋町であった。

大阪は、古代には難波《なにわ》と呼ばれていた。延暦三年（784年）の長岡遷都まで政治の中心都市でもあった。中世になると摂津源氏の血をひく渡辺党の拠点となって、京都と瀬戸内海沿岸、西国、南海諸国を結ぶ要地として発展した。元和五年（1619年）からは江戸幕府の直轄地となった。呼称も「難波」から「大坂」となった。それが今の大阪の江戸時代までのショートヒストリーである。そして江戸時代はずっと、「天下の台所」、つまり金融・経済の中心地となっていた。喩えていえば、英国における「ザ・シティ」のような役割を担って発展してきた都市である。それが大阪なのである。

この都市に対して、近世にはほとんど「大坂」という二文字が用いられていたが、住吉大社の石灯籠や道標などには「大阪」と彫られたものもある。しかしこれらが何時頃のものか定かではない。かなりの期間「大阪」と「大坂」の併用だったと推測される。「大阪」の文字が広く用いられるようになったのは、明治十年（1877年）頃からであったが、それから十年余りして明治二十二年つまり1889年市制が施行され、それ以来はずっと大阪である。

こういう大阪という都市の大雑把なヒストリーは大阪とかかわりのあるひとなら誰でも知っていることなのだろうが、現在の難波《なんば》の宗右衛門町のすぐ近くに「炭屋町」という、外は静かでなかは賑やかな料亭などが立ち並んでいた街があったことを知っているひとが今どれくらいいるのだろうか。わたしはこの町を知っていた。しかしこの町名は、残念ながら、今はもうない。大阪にアメリカ村ができた頃に、この町名は文字通り消滅した。わたしが知っていたあそこの料亭ももうない。

しかし昭和二十年代の終わり頃にはまだ炭屋町という町名も料亭もあそこにあった。夜には料亭から三味線の澄んだ音色が聞こえた。料亭のなかでどういうひとたちがどういう話をしたり、どういう料理を食べたり、どういう酒を飲んだりしていたのか、そんなことはもちろん高校生のわたしにはわからなかった。それだけではない。急いで付け足しておくが、当時のわたしにはそういうことはほとんど関心がなかった。わたしに関心があったのは、三味線のあの哀調を含んだ音色と、料亭近くを流れていたいわば「大阪の神田川」だけであった。

あの町名がなくなって数十年経ってしまった。わたしの家族が住んでいた家も親父の経営していた静かな料亭ももう消滅してしまって跡形もない。地上のどこにもその痕跡すら残されていない。

実は、わたしの父方の祖父は大阪生まれではなかった。岡山県倉敷市大畠二丁目出身だった。足袋と紙を商う住吉という屋号の店を切り盛りしていた。かなり手広く商っていた商人だった。その販路は四国や九州にまで広がっていた。商品を運搬するかなり大きな船と商品を置いておけるかなり広い倉庫を所有していた。のちに岡山県議会の議長にもなった同じ町出身の永山さんは祖父の幼友だちのひとりで、かれらを含めた数人の個人商店経営者たちは、当時としてはかなり珍しい電鉄会社をつくって、下津井から茶屋町まで運行していた。単線で坂道にさしかかると、喘いでいたような電車だった。かなりの期間人流物流に貢献していたのだが、残念ながら、この電車も今からかなり前に廃線になってしまった。

母方の祖父は岡山県川上郡成羽町下日名出身だった。代々庄屋を務めていた家の長男で、東京の師範学校を出たあと長い間小学校の校長をしていたそうだが、わたしが直接会った頃はもう退職していた。

こういうふたりの祖父のいたわたしの父母の出身地は、したがって、風光明媚な田舎であった。父方は鷲羽山の麓で、瀬戸内海国立公園のすぐ近くだった。母方は、静かな山間部で、山々が連なり、その間を成羽川の支流の黒川が流れていた。

父は、神戸高商を出たあと、父親、つまり、わたしの祖父が経営していた小さな製紙会社を任されていたようだが、絵を描きヴァイオリンを奏で馬に乗る多趣味のせいだったからだったのか、わたしが高校生になる直前に、祖父の関係していた大阪の料亭の経営者になってしまった。もしかすると、多趣味のせいというよりもむしろ次男坊であったというのが仕事替えの理由だったのかもしれないが、とにかく大阪に出た。それでわたしも今宮高等学校に入ることになった。

　父親だけではなかった。祖父の子供、つまりわたしの伯父叔父伯母叔母は、七人もいたのだが、そのうちで一番年下の叔母は、女学校の教員をしていたのに辞めて、大きな政府登録旅館の女将になってしまった。どうもこのわたしが属している「ワタナベ」という家族には、いわゆる水商売に憧れる遺伝子が誰かに突然変異的に現れることがあったようである。

　母は、なんでも、高梁の順正という女学校を出たあと、大きな帆を高い柱に張って進む高瀬舟で高梁川を下って、父親つまりわたしの祖父の薦めた東京の専門学校へ行ったそうだ。五反田近くの池田山あたりに下宿していたと聞いたことがある。同郷のよしみで一年先輩の人見絹枝さんに可愛がっていただいたと言っていた。ただ陸上競技選手として大活躍した彼女が二十歳代半ばに肺結核で早世したことを繰り返し悼んでもいた。それは母にとって相当強烈な衝撃であったようだ。まあそういうこともあったようだが、もちろん、それは学校を卒業した後のことであった。学生時代の東京では、岡山の女学校時代に歌とかピアノを習っていたせいかどうか母から直接聞いたことはないのだが、とにかく、藤原義江さんの歌が好きで、よくオペラを観に行ったと言っていた。そのせいではないだろうが、この母は、どこから材料を仕入れてきたのか、終戦直後の食糧難の頃によくアイスクリームをつくって食べさせてくれた。今思い出しても、上品で美味いシンプルな薄い黄色のアイスクリームであった。今の巷にはアイスクリームが溢れかえっているのだが、母の手料理のあのような、トッピングなどないシンプルそのもののピュアーなアイスクリームを母の死後わたしは食べたことがない。

こういうふたり、つまりわたしの父と母が結婚して、わたしが生まれた。いまだにわからないことがある。ヴァイオリンとピアノが結婚して、どうして三味線になったのか。この謎を解く鍵は、もうどこからも見つからないかもしれない。世のなかも不思議なら結婚も不思議なことなのかもしれない。不思議が仲人役で成立するのが結婚というものかもしれない。だから、お似合いの夫婦というものは結婚後につくられるものなのだ。結婚前にお似合いなどない。お見合いしかない。お似合いになるのは結婚後なのだ。父と母もそうだったようである。結婚後お似合いの夫婦になった。しかしそのふたりの息子のわたしが大学生三年の途中に父が脳梗塞で急死してその料亭のあったあの炭屋町を引っ越して以来、わたしはあの町を、或る事情で訪ねることになった一度を除くと、今まで再訪していない。母も父の死後父の後を追うようにして、あの世へ旅立ってしまった。あの町自体も、今はもう町名も変わり、近くの川も料亭も消えてしまったようだ。高速道路の高架橋と背の高いビル群が占拠しているという。まるでロンドンのかつてのグラッブ・ストリート界隈と同じような状態になっているようである。昔のものは何ひとつ残っていないかもしれない。あそこでも過去が地上から消えているのであろう。もともと過去というものは心中にしか存在し得ないものなのかもしれない。

そんなことをいろいろ思い出したり想ったりしていると、何とも不思議な気がして仕方がないのだが、わたしにとって懐かしいあの町に秋子さんが住んでいるという。もうそれだけでわたしは無性に嬉しかった。この気持ちを分析すると、さまざまな過去が顔を覗かせることになり、わたしは過去の豊かな穀倉のなかに迷い込むことになる。しかし今はしばらくそういう楽しみは後回しにして、現実のことに気持ちを向けたいのだが、どうしてあの昔の炭屋町に彼女は住んでいたのだろうか。

こういう偶然性というのを小説に書くのは不自然で、リアリティを追究すべき小説では、認められない、と考えている批評家や小説家もいるときく。小説における自然と不自然のちがいはいずこに在りや。現実に生きているひとはみな自然と不自然の境目で生きているのではないか。生と死の境目で生きている。ひとだけではあるまい。すべからく境目がある。海と浜の境目は「ショボンバタ」だ。これは「潮の端」が約まった言い方かもしれない。これに似た経過を辿った日本語は他にもいろいろある。一例だけ。建長寺でつくられ出したといわれている「けんちん汁」は「建長汁」が訛ったものではないか。

「ショボンバタ」は、世界中にある。ウェールズにだってある。ホーリーヘッドにもある。スウォンジーにもある。イングランドにもある。センタイヴズにもある。もちろん日本にもある。神威岬にもある。三陸海岸にもある。真鶴岬にもある。鎌倉の由比ヶ浜にもある。瀬戸内海国立公園内の大浜海岸にもある。特に海に囲まれた国ならどこにでもある。だから日本にはどこにでもある。「ショボンバタ」だらけである。海と浜の境目はどこにでもある。しかも境目は海と浜だけではない。ひとの生活の直中《ただなか》にもある。

たとえばわたしの場合はどうか。昨夜うどんに入れるために薄揚げを二枚切って甘辛く煮た。ところが量が多すぎて、三分の一ほど残した。その残した薄揚げを小皿に入れてサランラップをかけて、冷蔵庫に入れた。まちがいなくそのせいだったと想うのだが、昨夜夢のなかでそれが出てきた。どういう場面かというと、ホテルの大きなテーブルにご馳走が沢山並んでいるなかに、素うどんのどんぶりと薄揚げの入った小皿が中央付近に鎮座している。その近くにわたしがいる。ところがわたしの近くにホテルの従業員と思しき男性がさっと入ってきて、薄揚げの小皿を持って行こうとするではないか。トンビに油揚げは聞いたことがあるが、ホテルマンに薄揚げは聞いたことも読んだこともない。わたしはあわてて大きな声を出して「待ってくれ。それはこのうどんに入れるのだ」と、素うどんを指差しながら、叫んでいる。これなど現実における生活と夜なかに見た夢の境目、つまり、現実と夢の接点ではないか。

わたしは今マンションの四階に住んでいる。それで、植物を育てたいのだが、畑がないので仕方なく大中小さまざまな鉢を百円ショップで購入してきて、ヴェランダでいろんなものを育てている。そのなかには大きな鉢に植えたクローヴァー和名シロツメクサもある。こういう和名がついたのももっともだ。この植物の花の色は白色が断然多い。それにかつて器械などを輸出するときに衝撃を和らげる緩衝材としてこの草を使っていたオランダなど外国があって、その国から北海道などに入ってきたという歴史がある。だからこの和名は科学と歴史を背負っている。そういうクローヴァーをわたしは大きな鉢に植えた。植えたその年はきれいな薄い赤色の花を咲かせてくれた。ところが昨夏のあの猛暑である。折角巧く育って花までプレゼントしてくれたのに、あっという間にすっかり涸れてしまい、跡形もなくなった。どうする、ナベちゃん！　わたしは、意地も働いて、秋口から、何にも残っていない、土だけの鉢に水を週二、三回注ぎ続けた。虚しいと想えることを敢えて何か月も続けた。こういうことが継続できたのには協力してくれるものがいてくれたからである。じつは、ヒアシンスの小鉢とブドウの木の中鉢がほぼ同じような状態になっていて、わたしの水やりを陰で支えてくれていたのである。それで、冬が終わって春近し、となって、嬉しかったことに、クローヴァーとヒアシンスは蘇ってくれた。ブドウの木だけはいまだに「凋れた最後の一葉」を付けたままで、蘇ってくれるのかどうかいまだにサスペンス状態である。O・ヘンリーのようには画家を登場させにくいのがわたしである。自然を模倣したフェイカーにはなれない。ブドウの木が蘇るのを待つことしかできない。

何をほざいているのだ、ナベちゃん、というコダマのような声が聞こえる。それに対して、わたしは、この世には、正と反だけではない。合がある、と叫んでいる。それが、接点、接地、境目、ションバタ、間、などである。わたしの居住空間である居間の大きなテーブルには、ダイソーという百円ショップで三百円出して買った観葉植物が二皿鎮座している。花はない。幹と葉っぱだけである。それでも殺風景な居間を豊かにしてくれている。

こういうことを勘考すると、小説内の登場人物もまた本来的に自然と不自然との接点を有するようにすべきなのではないか。自然だけでなく不自然にも接しているのが小説というジャンルのリアリティのはずではないか。小説における「本当らしさ」とか「真実らしさ」とはそういうものではないか。どんなに小説家が貪欲に言葉を食らっても現実の生き写しは無理である。そういうことができると考えるのは傲慢なる幻想に過ぎない。わたしの確信である。

小説における奇異感を取り除こうとする自然化作用は読者に委ねられているはずであって、小説家の側の責務ではあるまい。小説家が、どんなに言葉を駆使してもそれは不可能であるからだ。これがわたしの考えである。喩えていえば、炭には消臭剤としてだけでなく他にもいろいろ使い道がある。用途がある。小説もいろいろな読み方ができる。こういう比喩が使えるのも小説というジャンルなのである。だから詩的な散文とか言葉の選択は小説の必要条件なのであろうが、小説には、十分条件というものはもともと存在していない。小説家という懲りない面々は、いわば、自然と不自然の接点探し接地探しをしている労働者ということになる。もちろん労働者といってもその接点の大半を占めているのは人間関係であって、労働基準局の世話になる必要も知能犯担当の捜査二課に任意同行を求められる心配などもない。作家における労働の点でその労働に基づく仕事の内容は、力仕事でも知能犯の仕事でもないからだ。こういうところに着眼すると、たとえば英国では、十八、十九世紀の女性作家が必然的に浮かび上がってくる。ひとりだけ挙げるとすると誰だろうか。わたしなら、ジェイン・オースティンだ。男性支配の社会にあって、小説を書いていることを知られないようにして、小説を書いていた彼女の最初に上梓されたあの作品を思い出してもらいたい。もちろん作者名は匿名であった。「或る女性」が作者となっていた。わが国の訳書では『分別と多感』とか『知性と感性』となっているあの作品だ。主な登場人物が二十人を越えている。したがって接点探し接地探しは大変だ。だがこれは大きくは三組に分かれている。この、ダッシュウッド、フェラーズ、ウイリアムズ、三家三組が関係する多くのひとたちの操り方を彼女は作品を読者に差し出す前に楽しんでいたはずである。これが小説家に許されている自作の出版者手渡し前の楽しみであり、自作品読書の醍醐味を味わう特権行使がこれである。この行使時間がきっと彼女の嬉しい楽しい時が過ごせた時間帯であったはずだ。そのことは、小説家に限らず作家なら誰でも味わっているはずである。エリナーをどうするか。メアリアンをどうするか。マーガレットをどうするか。ジョンをどうするか。ヘンリーの後妻とヘンリーの先妻の子のジョンとの関係だけでなく、ジョンと後妻の子である三姉妹の関係をどうするか。ジョンの妻のファニーと彼女の弟のエドワードとロバートと三姉妹をどうするか。かれら以外の人物を登場させてから、それらのなかでつくることができる配列組み合わせをどうするか。書く時にももちろん限りなく楽しみは増えていくのだが、書き終わってもこういう楽しみは味わえる。そういう執筆中と脱稿後の楽しみは無限にひろがるではないか。オースティンが独身を通したのも、このことと無関係ではあるまい。この楽しみが彼女の考える結婚を凌いでいたのである。もちろんこういう楽しみ方が関係するのは、小説だけではない。すっ飛んだ表現を使わせてもらうと、森羅万象すべからく関係する楽しみである。地球が関係する。世界が関係する。わが国だけに限っても、その関係は無数である。そういうことを想うと、わくわくするではないか。こういうわくわく感を捨て去っていいものか。そういう気分が指先のさらに先から湧出しかかっているひとたちが作家とか著者とかといわれる人種なのである。こういう人種は、権威を有する者になれることもあるが、虚偽申告者になろうとすることもある。つまりは、権威と虚偽の境目で仕事をしているひとたちなのである。作者は「オーサー」という英語（エイユーティエイチオーアール）でふつう表現される。権威は「オーソリティ」（エイユーティエイチオーアール＋アイティワイ）である。「オーサー」という英語には入っていないが、これに相当するイタリア語とかフランス語には「騙すひと」という意味も入っているようだ。どうやら作者や権威の底はもやもやに囲まれていて、洞窟みたいになかなかが見えにくい。

こういうことばのなかに「かみ」という日本語も入っている。これは接点と接地を広げて行く日本語である。そのことを思い出すままにちょっと広げてみたい。真っ先に「かみ」で連想するのは何か。ひとによってちがいが認められるであろうが、わたしには「上」

と「神」である。この接点は接地を伴う。わたしには、青春の聖地といえる上高地がある。青春時代にあそこを訪ねたひとは多いであろう。わたしじしんにもあそこは忘れがたい。まあそういうことを除外しても、あの名称に使われている「上」は海抜三千メートル前後の山のことなのであって、あの「上」は「神」の意でもあった。そうすると、「高」は「降」でもあるように想えてくる。こういう日本語を引っ張り出して行くと、想像と推測、仮説と憶測がかかわる果てしなく楽しい世界が広がって愉快なほど面白い。「かみくら」という表現を漢字に直すと、「上座」ともなるが、これは「神座」でもあったのではないか。奈良の三輪山が神体の神社名は読みにくい。だが神体である三輪山と絡めると神社名の「大神」も「おおみわ」と読めるではないか。それだけではない。

あの「くら」もまた接点と接地を有していることに思い当たる。複合語として用いられる「座」はもともと地球奥深くのマグマが噴き出す場所であったのではないか。「岩座」とか「磐座」という漢字はふつう「いわくら」と読む。古事記にも「天の岩座を離れ、天の八重多那雲を押し分けて、稜威の道別き道別きて、天の浮橋にうきじまり、そり立たして、筑紫の日向の高千穂のくじふる嶺に天降りまさしめき」と「上つ巻」中「ににぎのみこと」の「3　天孫降臨」にある。

天武天皇の舎人であった記憶力抜群の「ひえだのあれ」や聖職者の娘であった「オース

ティン」の楽しみ方に比べれば、わたしの楽しみ方など誠に以ってささやかなものである。異母姉妹の一組しか楽しめない。自然と不自然の接点はひとつしかない。しかしこういう一組からでもさまざまなことが感得できる。

ここから帰納すると、わたしが住んでいた炭屋町に秋子さんが住んでいて、どこが不自然か、ということになる。問題は、どうして彼女が炭屋町を選んだか、だけである。

そのことを彼女に確かめたことはない。しかしどうもわたしには妙で因縁が纏いついているように思えて仕方がない。というのもわたしじしんが二十歳過ぎまで数年間住んでいた町に、わたしの友人の娘さんが住んでいたからである。昔の炭屋町と昔のわたしと友人の娘さんの秋子さんという組み合わせはどうみても奇異な因縁めいた、何かの巡り合わせのような不思議な感じを伴っているように、わたしには思えて仕方がない。こういう三者の交点もまた人生の三叉路なのであろうか。この三叉路を通ってゆくと、どういうところに辿り着けるのであろうか。

これは世のなかが狭いことを示唆しているのであろうか。それとも何かの運命に導かれて、わたしたちにはわからない何かが何かの先導をしているのであろうか。トマス・ハーディのいういわゆるイマネント・ウイルという「遍在する意志」なる運命が関係しているのであろうか。

わたしじしんが実は先年も少し似た経験をしたのだ。わたしのゼミの女子学生がわたしのところに、京都の或る出版社に就職が決まりました、と言って就職の報告にきたのだが、その出版社のことをいろいろ訊いて確かめているうちに、その出版社の社長がかつて別の出版社に勤務していたときに、わたしの処女出版を担当してくれた若い青年であったことがわかった。世のなかというのは、かつて友人の中田が嘆息交じりに言っていたように「狭い」のかもしれない、とそのときも想った。世のなかという表現を使うと、わたしたちのかかわる世界が無限に広がっているような錯覚を起こしやすいが、わたしたちにとっての実際の世界というのはそれほど広いものではないのではないか。たかだか向こう三軒両隣をちょっとだけ広げたくらいの広さしかないような、かなり限られた世界なのではないか。その証拠に、ひとの一生で出会ってしゃべったことがあるひとの数は、果たして八十歳なかば過ぎまで生きている方でもたかだか一万人をそれほど越えない範囲に過ぎないのではないか。わたしなどは、それよりも遥かに少ないひとにしか接することができなかったし、その数がこれからの人生で大幅に増えるとは到底考えられない。

それはともかくとして、秋子さんの私室を訪ねた藤本さんはやはり単刀直入に要件を述べたらしい。こういうタイプの女性は、どういう人生体験の持ち主なのであろうか。わたしに伝記作家的な能力があれば、詳しく調べて伝記の執筆もできるのであろうが、わたしにはそういう能力も才能もなさそうであるから、そういうものを執筆することは断念しなければならない。そういうことをわたしに考えさせた彼女は、どうやら、先制攻撃型のタイプの女性のようであった。

「彼はあなたにとっては、そして、あなたは彼にとって、どういう関係なのですか」

自己紹介のあと、間髪を容れず、こういう、わたしなどにはやはりどう考えてもどうしてもしにくいと想えるような、相手の嫌がるような質問を、躊躇うことなく、はっきりした口調で、したそうである。それに対して秋子さんが、

「友人関係です」

と短い言葉を使ってはっきり答えると、

「結婚するおつもりは？」

と突撃型のスキャンダル・ジャーナリスト紛いの性急な訊き方で再び訊いたそうである。それで秋子さんもまるでスキャンダルを追いかけるジャーナリストに紋切り型で答えるように、

「ありません」

とここでもはっきり言った。すると、たちまち、スキャンダル・ジャーナリストからラヴ・ハンター紛いの方向転換とも豹変ともいえそうな、とにかく、迅速なる突然の突撃型

実弾射撃よろしく、

「じゃあ私が彼と結婚しても後悔しませんか？」

とはっきり秋子さんの意志を確かめたという。

こうした単刀直入そのものである、次々と畳み掛けてくるような質問の矢ならぬ弾丸をまともに受けて、秋子さんは藤本さんの「彼」に対するパッションの烈しさを感じたという。もちろん、この場合の藤本さんの質問の背後に隠れていたのは、パッションだけではなかったはずである。理性も感性も絡めた生存本能そのものであったと想われる。そのことを秋子さんも感じていたはずなのだが、そういう感じ方を人前に晒すことは、言葉の壁に遮られて、ほとんど常にともいえるが、口から出ることはまずあり得ない。そうしてひととひととの関係は、曖昧模糊として、どこか次元の異なるところへ移行してしまいがちなのだが、このことは、ヒューマン・リレイションから、暗黙裡に是認されていて、男も女も、その点について、深入りすることは滅多にしか起こらない。だから、あとは、かなり多くの時間をことばの出現よりも沈黙の支配下に当事者自らが自らを置くことになる。したがって、その結果、当事者の精神的消化不良のまま、表層的には、たがいがサスペンス状態のまま別れることになるわけである。

帰る間際になって藤本さんがじぶんの母親のことを秋子さんに言った。

「今まで誰にも話したことがないことなのですが、あなたにだけは話しておきたい」としんみりした口調で話し始めたという。この時だけはいつもの調子とは違う言い方で、しかもゆっくり、じぶんにも言い聞かせるような話し方でしゃべったそうである。

彼女じしんにも中学生三年生になる頃までには大まかなことは想像できていたことであったようなのだが、彼女の母親は、かつての日本語でいえば、「妾」という立場であったという。それで彼女は父親を知らずに育ったらしい。何度母親に尋ねても頑として父親の名前も仕事も住所も年齢も言おうとしなかったそうである。それでいて、ことばの端々に彼女の父親つまりパートナーへの愛情と恋情を覗かせていたという。

そういうシングルマザーの母親が先年じぶんの死期を悟り、藤本さんを枕元に呼んで、父親の名前と略歴を告げたという。しかし、それについての細かいことは秋子さんにも言わなかったということである。

その時に秋子さんは妙なことに気が付いた、とわたしに話してくれた。藤本さんがどうやら妊娠しているらしい、と感じたという。彼女じしんはその時そのことについては一切触れなかったがまちがいない、と秋子さんはわたしに言った。

それだけでもわたしには相当のショックだったのだが、秋子さんはそのときわたしにこんなことまで言った。

「父が良くないようです」

「え?」

と言った直後にわたしの頭は真っ白になってしまった。「まさか」と言いたかったが、ことばにならなかった。今宮高校一年生からの数々の思い出が瞬時に順番を無視して断片的に現れては消えていった。わたしはこの世を去りかけている友人との喜怒哀楽を伴う切ない思い出という決して穏やかではない荒れ狂う海を漂っているような、夢のなかでもがいているような、辛いがどうすることもできない状況のなかで、まるで大きな波に襲われる直前のような、何の救いも見出せないのに切羽詰まった強迫観念のなかで、どうにもできないのに、もがいていた。

「ワタナベさんには言うな、と口止めされていましたので今まで黙っていたのですが……」

秋子さんが重い口を開けた。もう手遅れだったらしい。肝臓癌がすでに肺などにも転移していて、手術もできない病状であったという。あとは痛みを和らげる注射や薬剤投与しかなかった。あの男が。この世に残しておきたいあんないい奴がわたしより早くこの世を去ろうとしている。わたしは腹が立った。何もかも壊してしまいたかった。地球を持ち上げている巨人の狂気じみた行動を是認したい気分になっているじぶんがわたしのなかでズームアップされていた。

＊境目

こんな腹の立つ時を過ごしていた日の夜であった。不思議としかいいようがないのだが、わたしは或る夢を見た。相手が誰かはわからなかったのだが、わたしの眼の前に、小さくて白い円錐形に似た形のよいブレストの先の淡い桃色のニプルが突然ひとつだけ現れて、わたしの口元に近づいた。わたしはどうしてよいかわからず、あわてて仰け反っていた。ほんの数秒間だけわたしはリアルだが全く予期していなかった突然の驚きのなかにいた。ただそれだけが現れた夢であった。そうなのだったが、その夢に、これまた、突拍子もないものがその直後に出現していた。長さが二十センチ余りの靴篦《くつべら》がこれまたズームアップされた。わけがわからなかった。足の踵を傷付けずにすっと巧く靴に入れるあの靴篦であった。もちろんその素材が英語のシューとホーンの二語で構成されている複合語一語の後部通りに鹿か山羊の角であったのかどうか、とか、篦の対極ともいえる先端部分にライオンとか犬の彫刻が施されていたのかどうか、といったことは全く何もわからなかった。ただ靴篦であったことだけは疑いようがなかった。まちがいなかった。薄桃色のニプルと少し黒ずんだ素材不明の靴篦がなんらかの理由で結び付いていて、わたしの夢になぜ現れたのであろうか。これもまた自然と不自然の接点なのであろうか。わたしにも、フロイト的な解釈ならできないこともないのだが、それが自然な解釈なのかどうか、いまだにわからない。

＊秘密

わたしは翌日講義を早めに終えてから、秋子さんに教えてもらった池田市の或る病院へ見舞いに行った。しかし、正直いって、どういうことばで彼を励ましてよいのか、どういうことばで慰めてよいのか、どういうことばなら彼が慰めを感じられるのか、どういうことばなら彼が自然に受け止められるのか、皆目見当がつかなかった。というのも、彼の立場にわたしが、もしもいたならば、何を望むだろうか、と考えているうちに、見舞いという行為そのものの無意味、この世を去ることを実感しかかっているひとへのありきたりなことばの虚しさ、というものを痛感せざるを得ない状況であることを、少しとはいえ、認識できていたからであった。

かつてオランダ大使にもなった十七世紀のサー・ウィリアム・テンプルという准男爵は一人息子の自死という、言葉では言い表せない辛い惨い体験を背景にして、「もしも五十歳でこの世を去っていたら、どんなに幸せだったことだろう」と後年述懐したそうだが、どうしてわれわれひとという存在は五十歳前後あたりから急に数多くの肉親、友人、知人、親戚などの死を知ることになるのであろうか。ひとの生死にかかわるサイクルは五十年周期なのであろうか。人生わずか五十年という言い方がかつてあったようであるが、五十年サイクルというのは聞いたことも何かで読んだこともない。だが、この五十年サイクルのひとつの大きな根拠になり得るのは、男女が二十五歳前後から三十歳前後に結婚して子を産み育てて、その子が五十歳前後になると、その男女がこの世を去る、という現実が横たわっているのかもしれない。もちろん例外のないものなどこの世にはほとんどない。百歳を越えるまで生きた男女もわたしは知っている。三十歳前後でこの世を去った男女も知っている。そういうことはわたしにだけかかわっていることではないこともわかっている。だがそのときは、そういうサイクルに属さないで長生きできた方々のことを中田へのオマージュ代わりにしたい、とわたしは羨望と願望を込めてかれらのことを回想していたのであった。

病院へ行く途上でわたしはそういうこと以外にこんなことも考えていた。もしも突如として人間的な過ちを犯すのを止めるのが死だとしたら、中田には過ちを犯し続けてほしい。後悔もせず恥など感じずに過ちを犯すのだ。過ちを嫌う神々をどこか目につかぬところに追いやってこの世で生き続けるのだ。そんな神など無視して過ちを犯し続けるのだ。苛烈な狂気の赴くままに暴れ回ればいい。なんとしてもこの世で生き続けるのだ。半身不随でもいいじゃあないか。脳梗塞で手足が不自由になっても意識があればいいじゃあないか。言語障害とか記憶障害で直近のことをすっかり忘れても過去のことが残っていればいいいじゃあないか。全介助になってもいいじゃあないか。眼耳口に障害が現れてもいいじゃあないか。手足が動かなくなってもいいじゃあないか。とにかく生きてくれてさえいたらまたお前に会える。お前に直接会えるだけでいいのだ。お前の死に顔など見るのは嫌だ。亡骸を見るのも嫌だ。死ぬなよ、中田。生きていろよ。生きていてくれ。頼むから生き続けてくれ。この世以外の天国などこの宇宙に在ると思うなよ。この世にしか天国はないと想え。だからこの世に留まるのだ。お前の天国はこの世なのだ。この世に生き続けるのだ。君知るや　この世の幸は　ここに在り　なのだからな。ここ　とはわたしの心　君の心　君と会えるここ　のことなのだ。わたしは心中で中田への祈願にも似た馬車馬的な独り言を繰り返していた。

　どうにもできないことをああでもないこうでもないと考えながら、中田の病室に向かっていた。病院の近くで芙蓉が淡紅に近い薔薇色の花をつけていた。短命な芙蓉の花と中田がわたしの心中でだぶってしまっていた。

　猪名川の見える病室には中田本人以外は誰もいなかった。奥さんも帰ったあとだった。わたしはわざと平静を装って明るい声で言った。

「お前は暇やなあ。こんな所で寝よって。ぼくは一時間前までチョークまみれになって働いてたんや」

「誰がお前に知らせたんや。お前にだけはこんなところ見られとうなかったのに」

しばらく沈黙が続いてから、中田が改まったしんみりした口調で話しはじめた。

「今はお前以外誰もいいへんから、秘密の罪というか過ちというか、とにかくずっと胸の片隅で我慢してくれていたことを告白することにするわ。どないしょうか、とずうっと悩んできたのやが、やっぱしお前にだけは、これからのこともあるし胸の内にわだかまったままになっていることを率直に言うことにするからな。まあ黙って聴いてくれ」

そのときの中田の話はわたしにとって青天の霹靂であった。三十年近くわたしにも内証にしていたことをしゃべり出していたのだった。彼が話しはじめた話に、わたしたちの高校時代の同級生の藤本直美さんの名前が出てきて、わたしじしんにも無関係ではなくなってきた。

今宮高校の二年生のとき、中田と直美さんとわたしの三人は同じクラスだった。彼女はピアノが得意な、大人しい、あまり目立たないタイプの女の子だった。しかし下校のときに自転車で通り過ぎてゆく彼女の姿は少なくともわたしには忘れがたい残像を残していた。少し俯き加減に顔をこちらに向ける彼女の恥じらいをやや表わしている仕草がわたしにはたまらなく魅力的に見えた。彼女が乗っている自転車のあとを追いかけたいと何度も思ったが、そういうことを実行したことは一度もなかった。わたしという男は、高校生の頃からずっと、ああしたい、こうしたい、と想うだけで何も実行できない男のままであった。

わたしはまちがいなく或る種の慕情を彼女に抱いていた。しかし中田には何も知らせず、黙ったままでいた。

その彼女の名前を中田が口にした。中田の告白によると、秋子さんが生まれて七年くらいして、まだ独身を通していた直美さんと内密に交際を始めたそうである。直美さんの家にはどうやらいろいろ複雑な事情があったらしく、高校卒業後彼女は洋裁の専門学校に進み、その後独立して生活には困らないだけの収入を得るようになっていたが、どうしてかそのときもまだ結婚しないままでいた。その頃手広く不動産業を営んでいた中田が偶然、我孫子で彼女を見かけた。彼女は我孫子に洋裁店を構えていたのであった。

大阪市住吉区の我孫子というところは、我孫、阿弾古、阿比古、吾彦とも書かれてきたが、今は我孫子が正式な地名になっている。しかし昔の懐かしい駄菓子などがいっぱい置かれている古い小さな菓子店がその近くにある神社の名称は今でも吾彦神社だし、地下鉄の駅名は「あびこ」になっている。「あびこ」とは古代のかばね（＝姓＝）つまり古代の称号で今の氏名の下に付した称号のようなものと考えてよい。その称号は、おみ＝臣、きみ＝君、あたえ＝直、むらじ＝連、みやつこ＝造、など、氏《うじ》の出自や氏の職業に与えられたもので、三十数種もあったそうなのだが、そのひとつが「あびこ」である。いわば氏姓制度確立以前の古いタイプの称号である。山部阿弭古とか依網吾彦などと称していた。依網屯倉阿弭古《よさみみやけあびこ》が、当時のひとびとに仁政を行なったといわれている仁徳天皇に、珍しい鳥を献上したことを記している古い説話によると、王家に服属していた中央の下級氏族に「あびこ」は主に付けられていた称号だったらしいのだが、いずれにしても、「あびこ」とは、紛れもなく古代へのロマンを駆り立ててくれるような地名で、地下鉄など近代的な鉄道網がなかった遥か昔からのわが祖国の漢字文化という通時的で知的な歴史まで秘めている地名なのである。

さらに、我孫子には、いうまでもなく、共時的大阪も詰まっているのだが、あの我孫子を直美さんがじぶんの住居と仕事場を置くべき土地に選んでいたとは、わたしには少なからぬ驚きであった。彼女は、わたしの知っていた高校時代は、トルストイの作品などを熱心に読む読書家であっただけでなく、おしゃべりを極力控えて黙って謙虚に振舞っている瞑想の女性だったのだが、実際には、わたしなどよりも遥かに大阪の歴史に詳しい優れたヒストリアンであったのかもしれない。

中田は途切れ途切れに、ふたりのことをわたしに告白した。その話を聴いているうちに、わたしじしんも脳裏でタイムスリップして、高校時代の頃にフラッシュバックしていた。中田の病室で彼の告白を聴きながらわたしは時を後戻りさせた。帰らざる過ぎし時のなかにわたしは入り込んでしまっていた。

その過ぎし時のなかに、今宮高校時代の中田と直美さんとわたしがいた。しかしそのすぐ後、直美さんとわたしのふたりだけになっていた。実は中田の告白を聴きながら、わたしじしんにも中田に内緒にしていた秘密があったことを思い出していたのである。それは、世間的には、それほどたいしたことではないことなのであろうが、わたしにとっては親友で心友の中田にさえ黙っていた秘密なのであった。

高二の夏だった。どうも青春の思い出は不思議と夏が多い。中田に内緒で、直美さんとふたりだけで紀三井寺まで行った。『アンナ・カレーニナ』についてゆっくり語り合いたい、というのを口実にして、日帰り旅行に出かけたのであった。あの時も芙蓉の花が道端に咲いていた。わたしたちふたりの関係はそれだけであった。手を握ることも抱擁することもなかった。しかしなぜかじぶんでもよくわからないのだが、中田を含めて他人にはそのことを話したくなかった。ふたりだけの大切な秘密として仕舞っておきたい出来事にしていたかった。子供時代にじぶんの秘密基地をつくった体験なら誰にでもあることだろう。あれに似た種類の秘密であった。だからこれまで誰にも話さなかった。どうやら直美さんも誰にも話していないらしい。それがわたしには嬉しかった。秘密はときに関係するひとに思いがけないプレジャーをプレゼントしてくれることがある。

「ナベちゃん、ひとつ頼みがある。俺はもうここから出られない。俺が死んだら直美さんと俺との娘に会って俺のことを謝ってほしい。このことは家内にも内緒なのやけどなあ」

いつもの彼の大阪弁とかなり調子がちがっていた。

「秋子には適当な時に、異母妹の純子がいることを伝えてやってくれ。お前にだけは包み隠さず全てを打ち明けようと思いながら、今までどうしても言えなかったのや」

わたしにもお前にしゃべっていない秘密が、と言おうとしたが、声に出なかった。

「お前がロンドンにいたとき、秋子の妹が結婚することを知らせたが、その後、秋子も純子も結婚していない。ふたりのことをよろしく頼む」

これが中田のわたしへの最後の言葉であった。

中田が死んだ、という連絡を受けたのはそれから間もなくであった。わたしは中田の遺言を守って、彼の死後二か月が経つまでは藤本純子さんに彼女じしんの本当の父親のことを全く何も知らせなかった。

わたしは生前の中田に直美さんとの淡い逢い引き紛いの密会のことを言いそびれてしまった。それだけではなかった。中田の告白を聴いていたときのわたしの頭のなかで、異母妹と実妹のちがいはあるが、しかも、咄嗟にではあったのだが、わたしは秋子さんと純子さんをオースティンの『分別と多感』の姉と妹とにくっつけていたのであった。もちろん秋子さんが姉のエリナーで、純子さんが妹のメアリアンであった。いうまでもなくそんなことは報告しないが、できるだけはやく、衆生救済を目指す菩薩の誓願に由来すると想われるような名前の付いている弘誓寺《ぐぜいじ》という寺の境内で救われて安らかに眠っているはずの中田に、いつか近いうちにわたしと直美さんとのことを告白しようと思っている。「そんなことはわざわざ言わなくてもよい。気にもしなくていい」と、じぶん勝手でご都合主義者でオポチュニストのわたしは、中田なら言ってくれるような気がしている。

＊産声

それから二か月して、わたしは我孫子へ行った。地下鉄「あびこ」から、藤本純子さんの住んでいる方角とは逆だったが、テイスティ・ケーキを売っている「フローレンス」というケーキ屋でカステラのようなケーキを買って彼女の家に向かった。彼女が住んでいたのはかつて母親の直美さんと一緒に暮らしていた家だった。よさみという名の付いた幼稚園に近い四つ角にある小倉歯科医院の斜め前の角にある。彼女が在宅の場合は外へ引っ張り出して、スコーンの美味しい喫茶店へ連れて行く計画も立てていた。

彼女は不在だった。どうしようか。しばらく迷った挙句地下鉄で難波に向かった。秋子さんに、中田の遺言通り、異母妹のいることを伝えようと思ったからであった。

かつての炭屋町があった場所にある彼女の私室を訪ねるのはこれがはじめてであった。私室を見ればそこの住人のことがかなりの程度はわかる、と英国あたりでもいわれている。確かに秋子さんの私室はそれを裏付けていた。まず派手なところが見当たらない。色調が落ち着いていて、はじめて訪れたこちらが寛げた。それほど大きくはないが透き通ったガラス窓の書棚には、主に日本だけでなく世界の主要な文学作品と昔のＬＰ盤が存在感を示しながら整然と並んでいた。秋子さんのお好きな音楽はどうやらバロック系統のようだ。書棚の左隅に、そっと気付かれないように、「彼」の論文の載っている雑誌や「彼」が翻訳した訳書が置かれていた。総じて全体的に概観する限りあまり日常生活の具体的な痕跡を感じさせない雰囲気が私室全体に漂っていた。

秋子さんの私室があるかつての炭屋町は御堂筋から少し入ったところにあったが、この、昔の炭屋町界隈を今の大阪の若者はあまり知らない。それどころか、なぜあの大通りを御堂筋と呼んでいるのかさえ知らない若者も増えている。難波別院が南御堂で、津村別院が北御堂である、という史実だけでなく、由緒あるネーミング自体にも関心があまりないように見受けられるがこれは一体どういう現象なのであろうか。御堂筋とか炭屋町よりも片仮名で呼ばれる治外法権的なネーミングの街並みを若者は好むのであろうか。そういうことを敢えて意識したためなのであろうか、秋子さんは失われかけている大阪の伝統を守っていた土地を敢えて選んだのかもしれない。その点ではわたしの思い入れも異常なほど強いが、わたしは中途半端な男で、思い入れと実践とが直結しない傾向にある。しかし彼女はちがう。わざわざ町名が変更になった所を選んで住んでいる。秋子さんの私室をゆっくり眺めながら、わたしはそんなことをとりとめもなく漠然と考えていた。

「父のことではいろいろお世話になりましてありがとうございました」

秋子さんが深々とお辞儀をしながら静かに神妙な口調で言った。

「どうお慰めしていいのやら。何と言っていいのか。どうも困っています。察して余りあることですから。お気を落とされたことでしょう。辛かったことでしょうねえ。夢のなかであいつはぼくの眼前に何度も現れるのですが、何もしゃべってくれないのですよ。箝口令でも敷かれているのでしょうかねえ。いつも無言です」

それだけ言うのが精一杯だった。秋子さんの顔を見ているうちに、センス・オヴ・ザ・パーストがわたしの脳裡で作用し出して、わたしの眼は霞んでしまった。中田、お前はどうしてそんなに急いでこの世を、と悔しく思いつつも、遺言で託されたことを秋子さんに伝えておかなければ、という何か義務感めいた何か使命感めいた気持ちにわたしは駆られて、そのことにプライオリティを与えることになってしまった。

「中田から適当な時が来たら伝えてほしいと頼まれたことがあるのですが。我孫子にあなたの」

ここまで言うと、秋子さんがわたしの言葉を遮って、

「そのことでしたら、藤本純子さんが知らせてくれました」

としっかりした口調ではっきり言った。

秋子さんによると、藤本純子さんから手紙が届いて、直美さんから死ぬ間際に、中田が父親であることを知らされていたこと、じぶんが現在「彼」の子を妊娠していること、非常勤講師はすべて辞めて、我孫子から東大阪の静かな北石切町に引っ越して出産に備えていること、を全くといってよいほど感情を交えずに書いて送ってきたという。そして秋子さんもほとんど感情を表に出さずに今述べたことをわたしに伝えた。

　ふたりの女性の心の闇の深い奥を覗きたい、というわたしのピーピング・トム的欲望をふたりの女性は先刻承知していたかのように、ふたりとも淡々としている姿をわたしに見せた。テレヴィのソープ・ドラマやワイドショウと称するスキャンダラスな私事秘事の報道の際放映されている泣き喚く女性の姿と鮮やかな対照をふたりは見せていたのであった。同じ日本人なのか、と疑いたくなるほどのちがいであった。

「純子さんを見舞って、励ましてきました」

　秋子さんはこともなげにそう言った。「彼」のことには一切触れずに、純子さんの生まれてくる赤ちゃんのことを頻りに秋子さんは口にした。聴いていて、わたしが不思議に想ったほどであった。純子さんが異母妹であること、「彼」の子を宿していることを知ってしまったあと、出来る限り巧みに心のなかを見せないようにしようと決心したのだろうか。じぶんの考えを他人に向かってありのままの形で口に出してはならない、言っても本当の気持ちと矛盾したことを言うことしかできず正確には本心を伝えられない、と想っているのだろうか。秋子さんのそのときの感情を殺した冷静さがわたしには暗くてその奥が見えない深い洞穴のように思えた。

血の繋がりという永続的で強力な基盤に支えられて、実母にはなれなかったが、継母か伯母にはなれるかもしれないという確信からか、それとも異母妹とはいえ、実の妹にはちがいない純子さんの赤ちゃんに対する想いが先行してしまったせいか、「彼」との友人関係とか純子さんとのライヴァル意識などをわたしに感じさせない話し方をわたしに向かってしていた。しかも、そういうことをわたしに感じさせようと意識してしゃべっているわけでもなかった。ごく普通に自然にしゃべっていた。そのとき改めて秋子さんの不可解で謎めいた魅力をわたしは感じた。女性という存在の有している魅惑的なオーラをそのときの秋子さんはまちがいなく発散させていた。

数か月後、秋子さんから一通の封書をもらった。

わたしは信じられなかった。純子さんが「星香《せいか》」という名前の可愛い娘を出産したあと、秋子さんに、「彼」には妊娠出産のことも新しい住まいのことも知らせていないだけでなく、妊娠がわかってからは全く付き合わなかったこととこの星香という娘を託すことを記した乱れた筆跡の手紙を残して、この世を去った、というのだ。

こんなことが現実に起こるのか。予測不能の事態だった。予期しないことが起こるのがひとの世なのか。思考狭窄と乱高下する情念に支配されながら、わたしは服部緑地の地下鉄の駅にかなり近い下宿先を出た。通いなれた道なのだが、その日は周りの景色がちがって見えた。乗馬センターの馬の表情も心なしか寂しげであった。ここには「彼」がときどき来ていたらしい。先日会ったときに、少し情報が入手できた。「彼」のお気に入りは、オランダからやってきていた「ローレンス」とのことであった。わたしは栗毛の「スパーク」が気に入っていた。といってもわたしは乗馬のビギナーで、「彼」とは年季がちがっていた。「彼」はどうやら英国でかなりの期間乗馬の訓練を本格的にしていたらしい。

地下鉄に乗っている間中、わたしは現実のなかにいるのか夢のなかにいるのかわからない白昼夢状態になっていたようであった。秋子さんが「彼」と純子さんの関係を知ったあとで、わたしに漏らした「私は二度裸足で踊ることになりました」が中田の手紙のなかの「秋子は裸足で踊ることになりそうです」と呼応し合って、わたしの脳みそをぐしゃぐしゃにしかかっていた。わたしの腸《はらわた》に秋子さんの哀しい喜びが沁みこんできた。秋子さんが可哀想だと思う反面、秋子さんと星香ちゃんのふたりの辿るはずのこれからの人生が薔薇色になることを勝手に想い描いて、わたしはひとり微笑んでいた。わたしの頭のなかからは「彼」の存在が消えかけていた。ふたりの新しい関係についての妄想と幻想がわたしの頭の八割くらいを占拠していた。わたしは地下鉄の車内にいながら、広大な想念の海を漂っていた。

時の経過は確かに速い。光陰矢の如しという。わたしには光陰弾丸の如しなのである。わたしはそのことを最近実感している。

十五年ほど前までは秋子さんと星香ちゃんと「彼」がその後どうなったのか、わたしには全く情報が入らなかった。いや敢えて情報を入手しようとしなかった、といった方が正確かもしれない。さらにわたしじしんのメタモルフォーゼ紛いの変容もその間に起こっていた。勤務先も変わっていた。しかしそのうちに、少なくとも秋子さんに関する情報は、秋子さんの目覚しい活躍によって、わたしにも伝わってきたのだが、わたしは敢えて彼女との接触を試みなかった。もうじぶんの出る幕は終わったのだ、とじぶんに言い聞かせる毎日が続いていた。

ところが、十年ほど前から、秋子さんがメアリ・ドラリヴィエ・マンリーという女性作家をはじめて本格的な形でわが国に紹介した女性研究者として、脚光を浴び始めていた。日本英文学会の機関誌『英文学研究』にも論文を発表して、注目されていた。パブの仕事を辞めて、どのようにしてオースティン研究からマンリー研究へと転向したのか、はわたしにはわからないが、ただわたしは、スウィフトを専攻していた「彼」との関係から、マンリーを選んだのではないか、ということだけを憶測することができた。マンリーという女性作家を、女性嫌いといわれてきたスウィフトが高く評価していたことをわたしは知っていたからだ。従兄のジョン・マンリーとの、予期していなかった重婚で苦しみながらも、ジョンとの間に生まれた私生児の男の子を日陰の女になりながら育てただけでなく自活のための物書きの道を男性支配の世にあって突き進んだマンリーという英国人女性は、秋子さんにとっては、英文学研究の対象としてだけでなく、実人生を生きるひとりの女性として見習うべき多くの大切な心理的因子を有している女性であったのではないか。一言でいえば、現代に蘇らせるべきフェミニストとしてマンリーを捉えていたことをわたしは彼女の論文から知るようになっていた。彼女が書いた論文は七頁にもわたる詳しい注の付いた英文の論文だった。秋子さんの父親観、男性観、女性観、歴史観、人生観、人間観、思考形態、文学観、未来観など彼女のひととなりをこれほど具体的かつ精緻に提示してくれているものは他にない、とわたしは確信した。この論文は、まさに彼女のドッペルゲンガーそのものといえた。それだけ彼女が全身全霊を注いで執筆した論文にちがいない。十七、十八世紀のマンリーと二十、二十一世紀の秋子さんとの比較論的類似にもまして、わたしには、英国人のマンリーと日本人の秋子さんの酷似そのものがこれからのグローバルな女性の理想像を示唆してくれているように想えて仕方がない。それからこれまた敢えて付け加えておきたいひととしての重視すべき特質がある。ふたりの人格に無関係とはいえないとわたしが考えているので強調しておきたいのだが、ふたりの笑顔が爽やかでとにかく感じがいいのだ。十七、十八世紀に生きていたマンリーの笑顔がどうして二十一世紀のお前にわかるのか、とそのわたしの現実離れのハッタリに呆れかえるひともおられるかもしれないが、笑顔というものは、何も現実に直接会わなければ認知できないというものではないはずである。怒った顔とか哀しい顔は千差万別千種万様にちがいないが、喜んだ顔とか楽しいことを体験したときの顔というのは笑顔という一種類しかない。そのことは、そういう顔をしているひとの眼を覗きこめばはっきりわかる。眼が口よりも多くのことばを発してくれている。輝いた眼が証人の役を図らずも演じてくれる。しかもそれは回想、想像のなかでも再現される。こういうことは、ダンテが他界していたベアトリーチェの笑顔を認知できていたという一例だけからでも肯けることではないか。過去の笑顔が現実のものとなることはさまざまな文学的作品が肯定的に例証してくれていることなのである。

秋子さんの論文でマンリーという名前を読んで、わたしが真っ先に思い出したのは、スウィフトの書いた「コリーナ」という、ちょっと変な詩であった。どうしてそうなったかというと、この詩のコリーナはマンリーのことである、と書いていた十八世紀のひとがいたからである。一七五五年にスウィフトの『作品集』を出版したジョン・ホークスワースが、この詩の脚注のなかで、この詩の最終スタンザにある「アトランティス」という作品はマンリーのものであると指摘していて、へえ、あのような女がマンリーという女性作家なのだと無批判的に思い込んでいた。わたしだけではないかもしれない。この脚注以来この詩のヒロインの「コリーナ」はマンリーと大半のひとたちに見なされてきた。でも秋子さんの論文を読んで、マンリーという作家のことをかなり知ることができて、あれえ、あのコリーナははたしてマンリーのことだろうか、と疑問視するようになった。ちょっとちがうのではないか。ほんとうにマンリーなのだろうか。どうも引っかかる。はたしてコリーナはマンリーなのだろうか。

わたしのように英文学を少し齧ると、コリーナという女性の名前がじぶんの英文学的連想にまつわりついているはずである。わたしの場合まず頭に浮かぶのは、ジョン・ドライデンがエリザベス・トマスという女性詩人に付けた愛称のコリーナである。次に、アレグザンダー・ポープの『ダンシアド』二巻目に登場するコリーナであるが、これには次のような経緯があった。ドライデンがコリーナという愛称を付けたエリザベスがポープから届いた手紙を彼に無断でヘンリー・クロムウェルに見せた。そのことを知った当時の悪名高かった出版販売業者のエドマンド・カールがその手紙をこれまたポープに無断で出版した。そのことに腹を立てたポープが実在していた人物の固有名詞を頻出させている有名な諷刺詩『ダンシアド』（『愚者物語』）において、エリザベスに当てつけてコリーナを「彼女の尿」と共に持ち出してエリザベスを尿まみれにした。

そして、出版年代は前後するのだが、もうひとりの「コリーナ」を登場させたのがスウィフトであった。こうして、コリーナは、スウィフトの遠縁にあたるドライデンと若き友人のポープとスウィフトじしんが用いた女性名ということになった。特にスウィフトの場合は、タイトルだけ見ると甘美なる詩と想像してしまいそうな詩である「うら若き美女床に入る」のヒロインの「ドルーリ・レインの華」つまり有名な娼婦の名として用いただけでなく、次のようなおかしな詩のヒロインとしても利用したのであった。

コリーナ

今日（何年のことかは敢えていわない）
若く美しいアポロンが産婆役を務めて
コリーナがこの世に生まれてきたのだが
アポロン自身の詩才を彼女は授けられた

だがキューピッドがサチュルスと
共謀してそっと揺りかごに忍び寄り
彼女がぐっすり眠っている僅かな隙に
彼女の両手をなでて口の中をこすった

それからキューピッドがこう言った
「この愛しい乙女をクチとペンの立つ女にしてやる」
サチュルスがこういうことを約束した
「彼女がひっかき咬む姿を世間の連中に見せてやる」

まもなくすると彼女はそういう才を見せ出した
というのもやがてしばらくするとなんと彼女は
笑う時も喚く時も韻を踏んで笑い韻を踏んで喚き
彼女の身振りもすべて諷刺と相成っていたからだ

六歳のこの鋭敏で何でも見たがる女は

地下の食料貯蔵室にこっそり入って行き
召使頭が女主人係りの女中といるのを見て
辺り構わずその時の目撃談を言い触らした

彼女は歌もつくったがその歌は
若い娘が若い男に口付けされた歌や
主人が小便しているその現場に行って
彼の突出部を覗き見した娘の歌だった

十二歳で詩も書き男を漁り恋もした
結婚もしたが娼婦と女房の掛け持ちで
不貞　駆け落ち　借金で夜逃げして
女性作家になるとカールの囲い者だ

彼女の書いた詰まらぬ本は色恋物語で
今風スキャンダルのオンパレードなのだ

醜聞だらけの『アトランティス』は彼女のもの
これは別名『新ユートピア回想』ともいわれる

確かにこの詩の最終スタンザ前である第七スタンザからは、彼女の従兄ジョン・マンリーとの重婚などが下敷きになっているとみなすことも可能だが、彼女を有名にした『ニュー・アタランティス』（一七〇九）を出版したのは、カールではなくトレード・パブリッシャーのジョン・モーフュウとジェイムズ・ウッドウォードであった。一七一四年にカールが出版した『リヴェラの冒険』とこの作品をスウィフトは故意に混同したのであろうか。

興味深い資料が残っている。彼女の死後、この『リヴェラの冒険』を『マンリー夫人が描いた彼女自身の生涯と時代』というタイトルに変えてリプリントした際、カールは彼女がこの作品を書くことになったいきさつについて述べている。それによると、ポープなどに攻撃された三文文士のチャールズ・ギルドン（一六六五―一七二四）が彼女の伝記を書いて、カールがそれを出版しようとしたのだが、そのことを知った彼女はカールに手紙を出し、出版の差し止めを求めただけでなく、じぶんの生涯はじぶんで執筆する旨を伝えている。『リヴェラの冒険』がカールのところで出版されることになった経緯を証拠立てる

＊産声

根拠として、カールは彼女が彼に出した一七一四年三月十五日付の手紙を公表していたのであった。

前略

ご立派な問題処理の仕方に感謝申し上げますと共にこのご処置を終生忘れることはないと存じます。二、三日したら執筆にとりかかります。

題名などはお考えの通りでよいかと思います。できるだけ早く脱稿したく存じます。書いたものをそのまま印刷してくださることを信じております。私にお会いした方がよいとお考えの場合はお知らせください。お宅に参りますから。私の居るこの丘の上の家に来られてはビーさんに見つかってしまいます。後生ですからどうかこの一件は内密にしていただきますようくれぐれもよろしくお願いします。

マンリーが、カールによる自伝出版の件を知られたくない「ビーさん」とはまちがいなく「ジョン・バーバー」のことであるが、食いついたら最後餌を放さないカールはのちほど一七四一年に、匿名作者によるバーバーの伝記まで出版している。その伝記によると、「貪欲なバーバー」は困っていたマンリーを利用しただけでなく、彼女の書き物から多額の利益を得ていたということになっている。もしもこれが事実ならば、彼女はこの詩に描かれているような「カールの囲い者」ではなく、「バーバーの金蔓」ということになる。スウィフトは一七一〇年代の前半、マンリーと個人的な接触があったのだから、このあたりの事情は知っていたはずで、ロンドンの「ザ・シティ」にあった「バーバーの家」で彼女と一緒に食事もしている。しかも秋子さんの論文にあるように、この頃『エグザミナー』はじめトーリー党政権を支えるパンフレットも書いている。『ステラへの手紙』のなかで彼女を高く評価していることも、すでに秋子さんが述べている通りである。スウィフトの手紙とマンリーの遺言書をつき合わせると、互いに「優れた友人」とみなしていたこともわかってくる。したがって、こういうふたりの関係を背景にして総合的に考えると、この詩の「コリーナ」はマンリーひとりとは断定しがたいことになるようにわたしには想える。

この詩の最終スタンザに出てくる『新ユートピア回想』は、従来いわれてきたようにマンリーの『ニュー・アタランティス』のことであろうか。他に考える余地は残されていないのであろうか。一七二四年十二月に第一巻が出た『ユートピア王国に隣接した或る島に関する回想』はその候補にはならないか。この作品は、当時マンリーに劣らず有名であった女性作家のイライザ・ヘイウッドのものである。

ポープの『ダンシアド』第二巻目に出てくる、カールが関係している競争のなかに、おかしな「小便の飛ばし競争」があるが、その賞品は「イライザ」で、彼女の腰のまわりには「二人の愛し子」がまとわり付いている。そしてこの箇所についてポープは自注を付けていて、それによるとこの「愛し子」とは彼女の悪名高い本のことであるが、その一冊のタイトルとしてポープは『新ユートピア』を挙げている。スウィフトや彼の若き友人のひとりであったポープなどはヘイウッドの『ユートピア王国に隣接した或る島に関する回想』のことを「新ユートピア」といっていた可能性が高い。

こうした点から総合的に判断すると、スウィフトのこの変な詩におけるコリーナは、重層的な特徴を有していることがわかってくる。スウィフトの頭のなかでコリーナは、正にハイブリッドな混成者というべき女になっていたのではないか。つまり娼婦として現れたり、マンリーとして現れたり、イライザとして現れたり、エリザベスとして現れたりしていて、当時の男性支配の社会で苦しんでいた数多くのいわゆる「虐げられた女性」たち、いわば、スウィフトの用いた表現である「インジャード・レイディ」の複数形ともいうべき女性たちを、ひとりのヒロイン造型に際して、無理を承知で、押し込んで重層的に入れた結果の女性名がこの複雑な様相を呈している特徴を抱えたコリーナであったとわたしには想える。

＊独歩

コリーナはともかくとして、優れた英文論文が書けた秋子さんは何年も前に笹山隆教授に認められて、今は母校の准教授になっている。だから関西学院大学へ行けば秋子さんに会える、ということも、当然ながら、わたしにはわかっている。確かにそうであるのだが、かれらの住んでいる、いや、恐らくはもう住んでいないはずの場所から離れて以来わたしはかれらから遠のいて生きてきていてかれらとはその後一度もお会いしていないのだ。近くにいながら、会いたいという想いを敢えて封印して暮らしてきた。わたしは秋子さんと星香ちゃんのいたマンション近くから立ち去って以来ずっとかれらとの接触を断って二十数年間を生きてきた。会いたいという願望を抹殺して、会ってはならない、という自らに課した戒めを守って生きる、という、まるで眼に見えない小人にがんじがらめに縛られたようなストイックな状態で日々を過ごしてきた。

ところが皮肉なことに、秋子さんたちから離れてやっと本来の研究が本人も驚くほど捗り、わたしは論文を次々と発表することができた。研究領域も広がり、英国の十八世紀文学と物流の関係から、次第に研究対象がダニエル・デフォーに向かい、デフォーの夥しい数の作品を渉猟する日々が続いた。デフォーに関する論文だけでなく、研究書の公刊も二年に一本の割合を維持できた。そのこととの関係は全く認められないのだが、この頃になると、直接会うことはなくとも、秋子さんの英文学者としての成功に関する情報が十八世紀英文学を研究している連中から少しずつ入ってきた。

世のなかが狭いことは、中田の言うとおりだ、と秋子さんの成功に関する情報の糸をたぐりながら、わたしは懐かしく思い出した。しかし「彼」や星香ちゃんに関する情報は全く入ってこなかった。

星香ちゃんのことが意外なところからわたしの知るところとなったのはわたしの定年数年前であった。いや、これは意外とはいえないことなのかもしれない。だがこういうのはわたしにしかわからない感慨であって、世間一般のひとからみるとやはり意外なことにちがいない。というのもわたしは星香ちゃんに神戸大学で会っていたからである。神戸大学経済学部出身の中田のことを秋子さんから聴いて、星香ちゃんは神戸大学文学部を選んだのだろうか。母親の勧めで選んだのか。それともわたしのことを聴いて選んだのか。はじめて会った場所がわたしの新しい赴任先の神戸大学文学部であったことは奇跡なのか、それとも僥倖か、はたまた、トマス・ハーディのいうイマネント・ウイルなる運命に属することなのか。そのいずれでもあるようでもありそのいずれでもないようでもある。

　順番にそこへ辿り着くまでのわたしの身上を概略案内するとこういうことになる。まずわたしにとっては幼い頃から学校というのは神戸高商のことであった。父方の祖父と父親の影響で幼い頃から将来進学すべき学校とは神戸高商のことであることを刷り込まれていた。近頃の言葉で伝えるとすると、洗脳を受けていたといえるのかもしれない。とにかくわたしにとって学校の選択肢は他には存在していなかった。わたしじしん他の学校のことを考えたことは一度もなかった。そしてわたしにとっての学校であった神戸高商はわたしが大学を受験する頃には神戸大学になっていた。ラッキーだったことに、わたしが受験した頃の神戸大学文学部のかつての教授陣はその頃の日本のどこの大学にも決して劣らない凄い陣容を誇っていた。特にわたしが受験した頃はそうであった。たとえば英米文学専攻にはディケンズ研究の第一人者で「学士院賞」を受賞した山本忠雄教授がいた。国文学専攻には批評家として有名だった猪野謙二教授がいた。教養部には英文学の米田一彦教授、フランス文学の小島輝正教授、浜田泰祐教授、井澤義雄教授がいた。自然科学史には湯浅光朝教授、青木靖三教授がいた。しかし経営学部経済学部法学部にはあったのだが当時の文学部には大学院がなかった。わたしは、どこかにすでに書いた記憶があるのでここでは詳細を繰り返さないが、或る出来事がきっかけになって将来英文学を専攻して給料の安い大学教授になってやろうと中学生の頃から考えていた。ところが、そういう将来の夢があるのに、迂闊にも大学院のことまでは考えずに神戸大学文学部に入った。どうもわたしという男には生来「気が利いて間が抜けた」ところがあるようで、マンリーと不注意と迂闊という共通点を共有しているようである。入学したあとで知り合った或る教授の話では、文部省（現在の文科省）の優等生であった東京大学文学部や大阪大学文学部などの教授連中と違って、神戸大学文学部の教授たちは文部省の役人たちに嫌われていた。その最大の理由は、神戸大学文学部の教授陣の大半が、インテリ的なプライドのせいか、口が悪くて、文部省の役人に眼下目線を向けて悪態をつくのが常態化していたからだ、ということであった。しかし学生であったわたしは別の理由を考えていた。それは文部省自体の体質と意向に沿った理由で、旧帝大以外の新制大学文学部に大学院の設置などふさわしくない、と考えていたからではないか、と睨んでいた。つまり現在の文科省とちがって、文学博士学術博士の大量生産を封じ込める意図の下に、文学が関係する大学院の数を極力抑えていたのだ、と学生のわたしは確信していた。しかし時代はメタモルフォーゼを繰り返し、今は呆れるほど、特に学術博士が量産され、わたしのように博士号を取得していないスタッフの数はきわめて少なくなっているのが現状のようなのである。

そんなこんなで巡り巡ってわたしじしんが数十年を経て神戸大学文学部に舞い戻ってし

まった。十八世紀英文学と物流の関係を経てデフォーを研究していたわたしは、秋子さんたちから遠のいてからかなり分厚い単著三冊とかなり長い二十五本の論文を書いた。それから母校である神戸大学文学部の教授に採用された。これだけが前節にわたしの書いた身上案内のほぼ全容である。

母校の教授になってから数年経った頃であった。秋子さんによく似た容貌の女子学生がわたしの担当する英文学演習のクラスにいることがわかった。そのときのわたしの驚きは、関西大学の図書館で藤本純子さんに出会ったときの驚きを遥かに超えていた。秋子さんは、正確にいうと、星香ちゃんの母親ではなく伯母である。しかし彼女たちのふたつの顔はまるでカウンターパートの相似形といってもよいほどよく似ていた。学部の三年生であった彼女の名前を受講表の受講者名簿から確かめると、まちがいなく「星香」であった。演習が終わった水曜日の二時限後にわたしは彼女を研究室に呼んで確かめた。

「もしかして君は」

「はい、そうです。母の名前は秋子です」

「やっぱり。本当に驚いた。世のなかは、君のお祖父さんが口癖にしていた通り、狭いね。いやあ、どういう順序でお話をしたらいいか」

「母からある程度は聞いていています」

「そう。どの程度？」

「先生が祖父の友人であったことと、それから母とも面識があることくらいですが」

「お母さんがお書きになった論文はお読みになりましたか」

「ええ。でも私はオースティンやマンリーよりも、Ｅ・Ｍ・フォースターに関心が向かっています」

「フォースターのどういうところに？」

「彼のいわゆる『イギリスの状況小説』の描き方に惹かれています」

「たとえば『ハワーズ・エンド』の第十九章などの描き方のことですか？」

「はい、そうです。あの小説の第十九章でパーベックの丘から見下ろしながら、作者がイギリスの過去と現在と未来に想いを馳せている箇所に代表されるような、ああいうフォースターの世界観と彼の小説とのかかわりをこれからいろいろ調べて検討したい、と想っています。先生が書かれたシラバスを読んで、演習で『ハワーズ・エンド』を取り上げられていることを知って、これだ、と思ったのです。あっ、それから、先生、母は私の父のことには全く触れないで、私を育ててくれまして、私も幼い時から、母とふたりだけの生活が自然なものでしたので、父のことを母に訊いたこともございません。気持ちのよい生活でしたので、今まで父のことを知ろう、と思ったこともありませんが、母が、先生にお会いしたら、私の父と一緒に暮らしたことはない、と伝えてほしい、と頼まれていました」

わたしは星香ちゃんのこの言葉を聴いて、万感が胸に迫った。かつてのじぶんとその後の二十数年という歳月を映像的断片のフラッシュバックで黙ったまま辿っていたのであった。なかでも特に秋子さんが「彼」とは一緒に暮さずに独立した女性として筋を通す生き方を選んで、それを実践している姿に感銘を受けた。世間的に見れば、純子さんが急死したのだから、「彼」と結婚して星香ちゃんと三人で暮らすという選択肢が一番確率的には高いのであろうが、秋子さんは、その選択肢を選ばなかった。もちろんその選択肢を選ばなかった背景として、母親や妹といった家族の存在、「彼」の意向、純子さんへの遠慮、などいろいろ悩ましいことどもが存在していたことも事実なのだろうが、秋子さんは星香ちゃんの父親である「彼」を迎え入れなかった。その点では、ヴァネッサの死後もスウィフトと接しながらも、世間的な結婚という道を選ばなかったステラと一脈通じているところがあるように、わたしには想えた。愛しているということと世間的な結婚というものとは必ずしも結び付かない。それが、秋子さんやステラやスウィフトの生き方からわたしの得たひとつの確固とした結論であった。

それから一年後星香ちゃんは国費留学生として、英国中部のウォリック大学でE・M・

フォースターを研究した。一年間で英国の大学のＭＡを取得するつもりです、と彼女はわたしに告げた。その彼女から便りが届いたのは今から十数年前であった。

彼女が留学した先のウォリック大学はわたしじしんも学生の頃留学していた大学で、星香ちゃんにいろいろ話しているうちに星香ちゃんが留学したい、と言い出した大学であった。彼女が研究しているフォースターが晩年住んでいた家は、この大学からそれほど離れていないコヴェントリーのソールズベリー・アヴェニューというところにある。その家の二階には今でも彼が執筆のときに使っていた机と椅子が残されている。彼がこの家で一緒に暮らしていた、或る男性が克明に綴った手書きの大きなメモ帳も保管されている。彼女の便りに出てくるさまざまな場所もまた、わたしにとっては忘れがたい場所であり、便りを読みながら、わたしは数十年の時を飛び越えていた。頭のなかでは数十年はそれほど長くはない。

先生、お変わりございませんか。日本も今時分は暮らしやすい時候かと思いますが、こちらは特に今頃は気持ちのよい日が続いています。先生が話してくださったブルーベルの群生地をこの前訪ねてみました。確かにあの釣鐘形の青い花はジャスミンと姉妹のようで、清楚そのものですね。まわりの鬱蒼とした木々に護衛されて、六月の陽光を楽しんでいるようでした。

　今週末にはソールズベリー・アヴェニューを訪ねるつもりです。夏休みになると、母がイギリスに来るそうです。ふたりで、ペンザンスをベースにしてランズエンド岬の先端やセント・アイブズの浜辺をブラブラ歩こうかな、と考えています。


　こういう便りを受け取ってから、もう十数年の歳月が経過してしまった。あれは、星香ちゃんが二歳頃だったかと想うのだが、関西大学の友人から、「彼」が関西大学を辞めたということを知らされた。藤本純子さんは、「彼」に星香ちゃんのことを知らせないで他界したために、「彼」は星香ちゃんのことは全く何も知らないし、わたしの友人にも星香ちゃんのことは知らせていない。だから、星香ちゃんのことを知っているひとは、秋子さんが知らせたひとだけ、ということになる。そういう背景があって、「彼」が関西大学を辞めたのは果たして専ら藤本純子さんのことだけがその原因であったのかどうか、わたしには憶測しづらいところがある。

　コロナ禍直前に一緒に飲んだ友人の話では、「彼」はなんでもその後イングランドに移住して、競馬を含めた、馬に関する馬プロパーの専門誌に記事を書いている評論家になっているそうである。「彼」のペンネームを正確にはその友人も知らないそうだが、どうもその姓は風井（フウイ）というらしい。どうもこのペンネームはスウィフトが考え出した理性的な馬の「フウイナム」と結び付いているようである。しかしこれまた友人の話なのだが、この専門誌は、わが国には入っていないようで、この雑誌を読んだ日本人は、少なくとも、その友人のまわりにはひとりもいないということである。

「彼」が「高い馬に乗っている」ことを信じているひとは友人仲間にはいないということである。この友人の使った日本語の「高い馬に乗る」というのは、英語表現を日本語にしたもので、威張る、とか、傲慢な態度を取る、という意味になる。

「彼」は、どうやらリヴァプールで暮らしているようである。あの大聖堂だけでなく、ビートルズの故郷としても世界中で知られているあの都市である。どうしてあそこに「彼」は住んでいるのだろうか。わたしは「彼」をスポーツマンと想っているのだが、かつてスポーツマンという英語はギャンブラーの意味でも使われていた。賭けを好むのが英国人で、何にでも賭けるわけだが、なかでも競馬における賭けは有名である。そして競馬のなかでも、十九世紀三十年代末以来毎年三月に開催される大障害競馬の「グランドナショナル」は最も有名な競馬である。この競馬はエイントリ競馬場で行われるのだが、この競馬場はリヴァプール近郊にある。今から三十年ほど前のこの競馬場はすったもんだで、大いに荒れた。なんと英国人が赤ちゃんから、死にかかっているひとまで全員が少なくとも一ポンドは賭けたくらいの金額の七千万ポンドという大金の払い戻しが生じた、というのだ。わたしには、詳しいことはわからないのだが、どうも突如として競馬が中止になってしまったらしい。英国人が競馬に賭ける金額は年間何十億ポンドともいわれている。そういう英国人が使う英語に「ブックメーカー」というのがある。本にかかわる編集者も出版社も製本担当者も、もちろん、この英語なのだが、それだけではない。「ブック」は「賭け張」でもある。「ブッキング」は「予約」のことだけではない。「賭けの胴元を務めること」もまたこの英語で通用する。英国人と「ブック」は、切っても切れない関係にあるといえそうだ。英国最初の印刷機をウエストミンスターに据えたウィリアム・キャクストンは、こういう英国の現状をどうみているのだろうか。彼の名誉に異を唱え対抗しようとしているのは、インスタグラムだけではない。紙本の危機はそれほど遠い将来ではない。現在の重大かつ深刻な問題のひとつなのである。

わたしにとって、残された砂時計の砂はあとどれくらいあるのだろうか。人間も時に残酷なことをしでかす生きものだが、時の方がずっと残酷なことを平気でしているのだなあ、とわたしはわたしにとって大切な者を断りもなく奪い去っていった時の怖さを今更ながら噛みしめている。昨年末にもわたしが敬愛していた株式会社スプリングの創設者でわたしと同い年の道明武彦氏をあの世へ連れ去って行ってしまった。痛恨の極みである。彼の音容わが心中に在り、である。わたしにはご冥福を祈ることしかできない。

白髪はいたしかたないにしても、視力の衰え、歯数の減少、感性の鈍化、手足の劣化を、砂時計の砂の数が残り少ないのに、これでもかこれでもかと無言でわたしに情け容赦なく黙ったまま、わたしにそうとは気付かせないようにしながら、知らせている。しかしわたしの方は鈍いながらも気付いてしまう。ハンドライティングを試みると、右手の親指の関節が、通風のせいか、曲がりにくくなってきたことに気付く。それだけではない。わたしのからだに関するさまざまな病名だけが増え続けていることにも気付く。高血圧症、高脂血症、白内障、痛風、耳鳴り、腰痛、など多様なる病名の持ち主であると気付いているのが近頃のわたしなのである。

もうすぐ冬だ。冷たい風でも吹くと『ガリヴァ旅行記』第三部のストラルドブラグがわたしのからだの劣化状態を嗅ぎ付けて、ひやかし半分で遊びにくるかもしれない。しかしわたしじしんは、じぶんのからだの衰えを頭のなかの意識としては無視していて、老いたわたしの気持ちだけは、数十年前とそれほど変わってはいないと想っているのだが、これまたとんでもない錯覚かもしれない。ただ老いて面白いと想えることも最近少しずつだが増えてきた。じぶんのやらかすへまとか失敗とか勘違いとか見当外れとか意外なことの発生発現を知って、にんまり笑えることが意外と増えてきている。「老いるとおもろい存在」

になって意外なものやことが楽しめることがある。老いるとはじぶんが笑える存在になることであるのかもしれない。かつては、モームの『人間の絆について』という長篇小説に出てきた東洋の或る王様お抱えの学者の調べた人間とは、を信じていた。ところが老いた今は、あれは、ちょっとちがうのでは、と思いはじめている。どういうことか簡単に書くと、こうなる。

その東洋の学者は王様と何十年も付き合ったあと、人間とは「生まれ、苦しみ、死ぬ」存在と結論付けた。このなかの「苦しむ」は、英語では「サファー」が使われていて、なかなか訳しにくい。「サファー」は、いろんな苦しみ、危害、不快などを経験する、さまざまなものに耐える、苦難を辛抱する、いろんなことを許す、容赦する、などその意味内容は多義にわたっていて、「苦しむ」と訳したのでは、その意味とか中身とかが抜け落ちることもある。実にややこしい意味合いを有する単語なのだ。古くは「耐える」が強調されていた。実に訳者なかせの単語なのだが、まあ、今は、それをスルーして、話を進めることにして、それで書くのだが、ひとという存在は、どうも、「生まれ、苦しみ、死ぬ」といった、どこか、起承転結のはっきりした存在とは、ちょっとちがっているのでは、と最近になって考えるようになってきた。「起」が「生まれ」で「承転」が「苦しみ」で、「結」が「死ぬ」といった、すっきりした存在ではないのが人間ではないか。ロケットか何か飛んでゆくものがさっと過ぎて行くような、そんな類いの存在でもない。生きていても死んでいるような者もいれば、死んでいても生きているような者もいる。誠にもって、度し難い救い難い存在でありながら、それでいて、中途半端な存在、それがひとという存在ではないか。この中途でありかつ半端であるところからさまざまな＋面も生じ得る可能性を秘めている。徹底の無さは決して－面ばかりではない。老いて笑える存在に成り得ることはその確たる証拠なのだ。ひとには読むべき本が存在しているのも、世間で生きる際に、名誉もお金も度外視して、「足るを知る」生き方をするのも、知識をじぶんで探して見分けられるのも、捨てられない過去が厳然とした形で在るのも、ひとに数多くの病があり、それらに対峙する薬や器具などができているのも、連帯できることがあることも、またその数多くの＋面の数例なのである。ひとという存在の多面体的容量はとにかく凄いのだ。ゴーリキー作の『どん底』に登場する役者だった男サーチンのせりふじゃあないが、「ニ・ン・ゲ・ン、凄い音がするじゃあないか」は実感が籠った紛れもなく人間讃歌の雄叫びなのだ。さまざまな体験をしたひとが死んで焼かれてモノとなりゴミとなって土に帰るのも、決して－とばかりとはいえない。ひとの自然死は、スウィフトじゃあないが、ひとにとっても当然の、ごく自然な成り行きで、ひとという存在にとって必要なことなのである。生き続けることと同じく必要なことなのである。ひとは表に現れるかどうかわからないさまざまなキャンサーを体内に抱えてなんとか生きたのちにそうしたさまざまなキャンサーを抱えたまま自然に死ぬのである。それが健康体のまま死ぬということなのである。そういうときに老衰という病名が使われている。なんというおぞましい病名であることか。もちろん日本語だけではない。英語のセニリティも日本語に劣らずおぞましい。「健康肢体止」とかにならないか。これなら笑いながら死ねる。何もわからないままええ加減で中途半端な形で死ぬのである。せめて病名くらいは健康体のままの死を意味することばにしてくれないか。願はくば、「ありがとう」の一言を口から残して笑いながら死ねたら、と想うのだが、これもまたひとの中途半端さから判断すると、少なくともわたしのような男にとっては、その実現がかなりむずかしいことといわねばならないのかもしれない。

ウォリック大学の学寮から何度か便りをくれた星香ちゃんは、予期していた通り、たった一年で文学修士の学位を取得して帰国した。そしてその後日本英文学会の新人賞に応募して「佳作」に選ばれた。さらにそれをたまたま読んだのが甲南大学文学部英文学科の主任教授をなさっていた中島俊郎教授であった。中島さんは、十九世紀二十世紀の英文学と文化に造詣が深い方で、フォースターにも大いなるご関心を抱いておられて、星香ちゃんの論文を高く評価してくれたひとりであった。それで中島さんが教員選考の会議で推挙してくださった。その結果、甲南大学文学部に専任講師として採用されることになったということである。そんなことがあって、甲南大学に近いところのマンションを探すことになったそうである。そして母親の秋子さんと一緒に神戸市東灘区岡本七丁目にあるマンションで暮らすことになったという。そういうここ数年のことをつい最近わたしは星香ちゃんの親しい友人を通して知ることになった。

そのマンションは六甲山の麓にある。その近くにはまだ原生林が少し残っているという。おまけに斜行エレヴェーターというわが国ではあまり見かけないものまであるマンションだという。イタリアあたりで見かけた、あの斜めに進むエレヴェーターに似ているようだ。ユニークな集合住宅で阪神淡路大震災にも耐えた住宅だそうである。眺めのいい立地条件に恵まれた住宅で、甲南大学のすぐ北側だそうである。

彼女たちに会いたいという気持ちが全くなくなってしまったわけではもちろんない。会いたい気持ちが地底からマグマの吹き上がりのように生じてくることもある。しかしそれと同時的に、奇妙奇天烈なのだが、お前の出る幕はもう終わったのだ、と、『マクベス』の五幕五場を思い出しながら、彼女たちとの距離が以前よりも長く遠く伸びていくイメージを払しょくできないままなのである。こういうのも優柔不断というのであろうか。こういう意志決定における想いの断絶と継続との間には、どれほどの情動的な心情が揺曳しているのであろうか。秋子さんと星香ちゃんから離れて二十数年を生きてきたわたしと秋子さんの間にどれほどの想いがゆらゆらと漂っていることかをわたしは躊躇いながら追想することもある。ふたりのことがわたしのなかで流れている。わたしに聞えていなかった時期もあったようにも想うが、きっと流れていたのであろう。「たきのおとは　たえてひさしくなりぬれど　なこそながれて　なほきこえけれ」かつて大覚寺を訪ねたときに頭をよぎった歌がふたたびわたしの頭をよぎった。彼女たちふたりの存在はわたしにとって今ではもうメタファーになっているようである。まずわたしにはふたりの生活を乱したくない、という想いというか願いが厳然としてある。二十数年を経て会えば、秋子さんは、「彼」のこと、純子さんのこと、母親のこと、妹のこと、父親のこと、などをわたしに語らざるを得ない状況に追い込まれる。そうなるとカンファタブルな雰囲気を維持することがむずかしくなる。特に「彼」への評価を口から出さないわけにはいかなくなる。これは、或る種耐えがたいことであろう。友人関係のままです、とはわたしを前にして言うわけにはいかなくなる。感情を交えた評価を表出したくなくとも、心のうちを正確に表出する困難さが壁となって、口から出せることばは限られてくる。どんなことばを出しても、唇寒し、の後悔だけをあとに残すことになる。秋子さんだけではない。わたしも、直美さんのことを、中田のことを、中田の奥さん、つまり、秋子さんの母親のことを、持ち出さないわけにはいかなくなる。特にわたしは直美さんのことは持ち出したくない。誰にも知られたくない。そのことは、こういう老人ホームに入居していることと無関係ではない。静かにそっと目立たないように気付かれないように、限られた空間のなかで、人生の最終コーナーをゆっくり進みたい、と願ってこういうところに入っている。そういうわたしの余りにも個人的な願いをかき乱す恐れがある。だからわたしの心にわだかまりという淀みができて想いが清い形で流れることを拒んでいる。かつて物流とかかわっていたわたしに淀みが生じている。これもまた人生の皮肉なのか。わたしたちの潮流は、乗り切れるものなのか。こういうことはかかわりがあるひと以外には、潮流でも何でもない。凪のままだ。しかし少なくともわたしにとっては、潮目が読めない。秋子さんと星香ちゃんの生活を乱したくない。わたしの生活も乱したくない。でもおふたりには会って話がしたい。どちらにころんでも、特に彼女たちに迷惑はかけたくない。わたしの蟄居《ちっきょ》も乱したくない。これは果たして二兎なのか。矛盾だらけの雑念が霧消することも当分はなさそうである。

わたしじしんはもう八十歳代のなかばを過ぎようとしていて、現在は空港のある伊丹市に住んでいる。古い神社や由緒ある酒蔵や玄関の前に水琴窟のある図書館を有している地方都市である。わたしの高等学校時代の先輩とか親戚の家族が長い間住んでいる都市でもある。海抜わずか十メートル前後から数十メートルまでの平地が広がる都市で、地名に笹原とか楠原とか鈴原とかが残っているところから判断すると、かつては、楠の木の大木巨木や熊笹とかススキの原っぱとかがひろがっていたところだったのかもしれない。近くの武庫川あたりを絵入りで描いた古地図紛いの案内板（近くの或る地下道の側壁に描かれている）を見ると、昔はこの都市近くに「髭の渡し」があったそうだから、渡し守が、三途の川の渡し守に負けじ、と髭を伸ばしていたのかもしれない。とにかくここの最初の渡し守は髭爺だったにちがいない。もちろん三途の川の渡し守は、軽いか重いかは別にして、人並みに罪を犯した万人を浅瀬とか深い流れの速いところなどを通って対岸へ運んだわけだが、ここの髭爺渡し守は、どうしていたのだろうか。まさか髭を基準にして客を選んでいたわけでもあるまい。彼もまた万人すべからく運んでいたにちがいない。だからひとびとから感謝の意を込めて「髭の渡し」なる名称を付けてもらうことができたのであろう。

伊丹市にはかつて吉田茂さんのブレーンのひとりといわれていた白洲次郎さんとか今でも再再放送を希望している方々がいるテレヴィドラマ『芋たこなんきん』の原作者として知られていた田辺聖子さんとか現在も『よき時を思う』などを上梓したりして活躍しておられる宮本輝さんなどが住んでおられた。現在もかなり有名な作家とか芸術家たちも住んでおられる。そういう伊丹市に十五年ほど前にできた後期高齢者用の高層マンションにわたしは入居している。何でもこのマンションの設計者がアメリカ人で、アメリカのフロリダかアリゾナにある巨大な都市エリアを模してつくったようで、そこの縮小版のようなエリアを有する施設なのである。高層ビルが五棟ある。そしてその施設には公立学校関係のかなり大きな病院と市営のかなり広くて人気のある公園が隣接している。少し歩くと、静かな古い街並みの残っている場所も何箇所かある。かつて桂米朝さんが住んでおられたところも近くである。八世紀か九世紀頃に建立されたといわれている健速神社も歩いて数分のところにある。巨木の楠を擁している小さな稲荷大明神も近くにある。

そういうところにできている高齢者用の施設である。敷地の広さは四ヘクタールほどある。ヘクタールはわかりにくいかもしれないが、三万六千平方メートルと書けばその広さがわかってもらえるだろうか。甲子園球場のグラウンドの三倍弱の広さである。その敷地のなかには、カモのカップルなどがどこからか飛来してきて寛ぐことができる長方形の人工池とそのまわりを数億年前から生き続けているといわれる銀杏の大木が取り囲んでいる中庭がある。そこのプールで先年わたしは自室のヴェランダから忘れがたい光景を目撃できた。

真夏だった。横五メートル縦二十メートルほどの小さなプールの水面近辺にジンベエザメやエイやウミガメなどが姿を現わしているではないか。実は、これは、この施設の従業員たちがコロナ禍で蟄居を余儀なくされていた老人たちを慰めようと大きな窓ガラスに貼っていた大きな魚類の姿形写真が、太陽光線を反射させて、水面に見事な魚翳を現出させていたのであった。

こういうプールの他に、かなり広い緑豊かな庭園がある。この庭園には小さな滝の配された池と中央にテーブルの置かれた東屋とゲートボールができるくらいの広さの芝地がある。その他に、かなりひろい駐車場が三箇所、メタセコイアの巨木と笹と山法師などの木々がいくつもの鉄のテーブルと椅子と共存している庭園もある。それらの庭園には、わたしにでも見分けられるような樹木が植えられている。楠、桜、欅、椿、山茶花、百日紅、躑躅《つつじ》などが季節毎に眼を楽しませてくれている。そういう庭園は専属の庭師数人が一年中世話をしてくれている。

今思い出したのだが、庭園のなかの池にはかつて立派な鯉が数匹元気に泳いでいた。しゃがれ声でチョビ髭を生やし下駄履きで庭を歩いていた田中さんのあの目白にかつてあった大邸宅の池の鯉ほどではなかったのだが、ここの施設の支配人と親しい住人の話では、かなり高価な鯉たちだったということだ。それでこの初対面の鯉たちが突然何の予告もなしに異次元で生きてきたわたしの道案内をしてくれたことがあった。

真っ先に連れて行ってくれた場所は、ジョナサン・スウィフトが十代はじめの頃に暮らしていたアイルランドのキルケニーの古城近くのノア川であった。スウィフトがシンジョンというかなり年下の貴族に出した手紙を読むと、この川で「グレイト・フィッシュ」を釣り上げ損なったそうである。何でも凄い魚が川面にその姿をちらっと見せたのだがそのすぐあと姿を隠したという。それでスウィフトは、「これがわたしのそれからあとの人生で舐めた失望落胆の原型でした」と書いている。この「グレイト・フィッシュ」が鯉だったのか鯰だったのか鰻だったのかはわからない。それからスウィフトのいう「失望落胆」とは具体的にどういうことであったのかも定かではない。彼の伝記作者たちはイングランドにおける高位の聖職者の地位のことではないか、と書いているのだが、それはあくまで推測憶測で、スウィフトが具体的には何も書き残していないからほんとうのところはわからない。だからあの世のスウィフトはこうして遠隔の地である日本に住んでいるひとりの老人がじぶんの十代の頃のエピソードを思い出していることを知って、「わあ、嬉しいなあ、今でもぼくのことを覚えてくれている日本人がいるのですよ、閣下」とシンジョン相手に、好きなワインを飲んでいるかもしれない。「スウィフトさん、天国のワインは何色ですか」と訊いたことが何度あったことか。だがどんなに大声で天空に向かって叫んでも、いまだに何の返事もない。「レモンスカッシュに似た色でしたか」と具体的に飲み物の名を出して訊いても全然応答がないのだ。この世で辛辣な諷刺の矢を驕れる者相手に放ったスウィフトさん、どこで何をして遊んでいるのですか。どんなことをして楽しんでいるのですか。今のあなたにとってのプレジャーは何なのですか。面白いことがあったら、地上に降りてきて、教えてください。わたしは日本人ですが英国人に負けないくらい幽霊が好きですから、いつでもどうぞ姿を見せてください。これはわたしの儚くもすぐ消え去る願いへの無言の慟哭なのである。

やはり魚釣りとなると、スウィフトではなくて、エリック・ブレアでしょう、という声がどこからか聞えてきた。天上からだったような気もする。五歳年上のお姉さんのマージョリーの夫になった男の声だったかもしれない。エリックは幼い頃この男にくっ付いて魚釣りに出かけていた。いや『空気を吸いに』というエリックの名作を思い出しての発言であったのかもしれない。きっとその声を出したひとは、あの小説のペンギン版の七十四ページあたりを頭においてそう指摘したのであろう。「戦前の、ラジオや飛行機やヒトラー以前の時」に属する「文明様式の典型」としての魚釣りのことであろう。

もちろん魚釣りはエリックの専売特許ではない。わたしもかつては人並みに楽しんだ。ただ釣りが下手くそだっただけだ。コダイを一度釣り上げたのがわたしの最大最高の釣魚記録である。だがしかしコダイでも凄かったのだ。小さな鯛が針にかかったために動き回って抵抗していることが伝わってくるあの振動を伴う感触は今でも指先に残っているほど強烈なものであった。ぐいぐいとテグスを引っ張りビビッと釣竿を揺さぶった。あれがどうして忘れられようか。スウィフトがああいう釣りを体感していたら、『ガリヴァ旅行記』など書かなかったことであろう。どこか海の魚が釣れる海岸近くに移住して釣り師になっていたかもしれない。

わたしの魚釣り歴はそれほど短くもないのだが、テグスをぐいぐい引っ張ったあのコダイ一匹を越えるような釣魚記録を残したことはない。ただ一度だけ小鮒を十数匹釣ったことがあるだけである。わたしの若い頃或る地方都市に誰も釣りなどしないといわれていたかなり大きな池があった。小高いところで鬱蒼と茂った木々に囲まれていて、そこへ近づくひともほとんどいなかった。或る晴れた気持ちの良い土曜日の午後わたしはひとりで釣竿だけ担いでそこへ出かけた。餌は近くで蚯蚓を探せばよい、といった能天気ぶりであった。当時もそうだったし今もそうなのだが、わたしのなかでは軽薄と呑気と向こう見ずと馬鹿さ加減が共存したままなのだ。まあそういうことで餌を持たずに出かけた。ところが近くで蚯蚓を見つけることができなかった。どうしよう、今日は引き返すか。いや釣りたい。ズボンのポケットにチューインガムが一枚だけあった。これだ、とわたしは即断した。幼い頃米粒を針に付けて釣りをしたことを思い出したのだ。これで釣れる。きっと釣れる。わたしの確信であった。どうもそこの池の小鮒はひとに釣られたことがなかったとみえて、わたしのチューインガムに猜疑心を向けずに食いついてくれた。面白いほど釣れた。小鮒には申し訳なかったが、甘露煮にして、わたしの食卓に並んでくれた。結構美味かった。

いつも釣れるわけではない。釣り仲間に漁船が運転できる資格を持っていた男がいて、或る国立大学のおんぼろ船を借りて沖へ釣りに出たことがある。かつて英国領であった今のマルタ共和国の小舟の舳先には眼がふたつ付いていたが、このおんぼろ船の舳先に何が付いていたのかわたしは知らなかった。知っていたのは相当老朽化した船であるということだけであった。それで沖に出てわかったのだが、この船は、絶えず船内の海水を汲み出さなければ沈没する恐れがある船であった。小型船舶の運転資格を持っていた男を除いた三人が交代で海水を汲み出すことになった。わたしも必死で働いた。働きながら、突然ジョゼフ・コンラッドの『青春』に出てきた船を思い出していた。古い石炭運搬船に乗ることになった語り手のマーロウの体験と釣りでオンボロ船に乗ることになったじぶんの未知なる体験を重ねていた。マーロウの場合は、東洋への最初の航海であった。わたしの場合は、波の穏やかな瀬戸内海における単なる小船からの魚釣りという初体験で、もちろん、比較にならないのがはじめからわかっていたはずなのに、なぜか異なる両者の体験を重ねていた。強いていえば、マーロウのいう「青春の頑張り」が共通点としてわたしに意識されていたせいだったからかもしれない。マーロウの乗っていた船の名前は女性名のジュディアだった。いうまでもなく「ジュディア」とは、古代パレスティナの南部にあったユダヤのことで、歴史的にはペルシア、ギリシア、ローマの支配を受けていたが、かつてはイスラエルとヨルダンに分割されていた。複雑な支配と分割と戦闘に揺さぶられ続けてきた地である。だからそこにもポーランド生まれの作者コンラッドの紆余曲折を覗きこめる深淵があるのかもしれない。そうなのだが、わたしはじぶんの乗っていた船の名前すら知らないままで乗船していた。

マーロウの乗った船の艫に書かれていた語句から判断できることが他にも二点あった。一点は、この船の船主がロンドン在住であったという点で、もう一点は、この船主の決意表明の語句が「ドゥ・オア・ダイ」であったという点である。この語句は、単語自体は三語とも簡単なものに見えるのだが、簡単なものが必ずしもわかり易いということにはならない。まず「ドゥ」からして、簡単だが複雑だ。「ドゥ」の代わりに「アコンプリッシュ」とか「アチーヴ」とかであればまだわかり易い。「アコンプリッシュ」なら、必死に努力したり手腕を発揮したり我慢強く辛抱して何かある目的を達成しようとすることがわかる。「アチーヴ」なら、何か優れた、あるいは、重要で大切な、または、偉大な目的目標の達成を目指していることがわかる。しかし「ドゥ」では、何か力を発揮せよ、ということしか、伝わらない。つまり「何かやれ、それができないのであれば死ね」という意味しか伝わらない。昔の日本のことばで訳すと、「ウチテシヤマン」とか「撃ちてし止まむ」となるのであろうが、この日本語には戦の匂いが濃厚である。この語句のなかの「し」は、詠嘆とか強調とかを伝えたい助詞なのであろうが、これを除けば、「撃つ」とか「止む」とか、とにかく戦闘と死の二者択一である。この語句の歴史を辿ると古くはすでに、八世紀の『古事記』の「中つ巻」に出てくる。神武天皇の「東征」を扱っているところに出ている。「久米歌」とか「来目歌」とかいわれる歌の文句として出てくる。この作品では「撃つ」とか「死」とかが出たあとに四回も同じこの語句が出ている。昭和時代以前に生まれたひとなら知っているであろうが、日本人は、なかでも、軍人たちは、このことばを第一次世界大戦でも第二次世界大戦でも繰り返し使っていた。このことばを使っていた軍人たちの犠牲になった方々の数は数百万人を越えたはずだ。だからこのことばには、血と痛みと死と恨みと悼みが沁み込んでいる。それに対して英語の「ドゥ・オア・ダイ」には、達成すべき目的とか目標が曖昧模糊としている分余計にもっと違ったひとの行動や実践も絡んでいることが推測される。この「ドゥ」には戦以外のことも含まれていることはまちがいない。使用される範囲がずっと広い。まあそうなのだが、とにかく必死で取り組め、ということだろう。しかも「ダイ」よりも「ドゥ」に力点が置かれている。それほどまでにこの語句はひとに決意を求めている。何かを望んでいる。何かをやろうとするひとの背中を強く推すことばなのだ。ところがわたしの乗っていた船の舳先にも艫にもそういう語句は書かれていなかった。いやたとえ書かれていたとしても、わたしにはそれを真に受けて海中の藻屑になる覚悟はできていなかった。はやく陸地への想いだけが募っていた。マーロウたちとの何たる差異であったことか。

そういうことがあって何十年かしてこの老人用の施設に入った。ここはわたしには気楽に過ごせる場所なのである。麻雀室がある。玉突き室がある。カラオケ室が何室かある。囲碁室もある。ホールもある。売店もある。図書室もある。相談室もある。談話室もある。クリニックもある。霊安室もある。葬儀場もある。孤独に生まれたわたしが孤独で死ぬにはもってこいの場所なのである。おまけに老いたひとであるわたしは、スウィフトがステラに誕生日に贈った詩のなかで薦めたように、さまざまなことやものが埋蔵されている過去という広くて深い穀倉のなかに入ってひとりだけで結構楽しめる。そういう環境なのだから、あとは、望むらくなのだが、介護棟の介護士や看護師たちが「ロイヤル・ケア」という凄い名称のこの介護棟に相応しいさまざまなスキルを身に付けていて、しかもプロ意識に徹しているひとたちであってほしい。これからのここでの願いはただそれだけである。レストランの食事が不味ければレストランで食べる回数を減らせばよい。朝昼晩三食も食べる必要などない。館外に食事処は一杯ある。近くにスーパーマーケットも、五、六箇所ある。近頃は冷凍食品がよくなっている。カップうどんやピザもある。冷凍のハンバーグもある。あっそうそう、忘れていた。近頃は忘れることが多すぎる。昨日も朝パンを焼こうとオーヴントースターに食パンを入れていつもと同じように三分にセットしたまではよかったのだが、いつまで経ってもパンが焼けない。おかしい。停電なのか。ラジオがついているから停電ではない。するとなぜ。コンセントに電気コードを差し込むのを忘れていたのであった。

中田はじぶんの人生をどう思っていたのだろうか。高等学校時代以来彼と付き合ってきたわたしではあったが、彼から彼じしんの人生についての話を聴いたことは一度もなかった。じぶんの人生を語らないのが、わたしたちの間の暗黙の約束事であったのだ。「そんなことは言わなくともわかっているじゃあないか」というのが、わたしたちの同意事項で、互いが不問に付していた事柄であった。

中田が死んで、彼の墓前で、わたしは中田の人生を追想した。何十年も付き合っていたのだが、不満というものを、少なくともじぶんの人生については全く何も述べなかった彼なのだが、じぶんの人生に十分満足していたのだろうか。特に奥さんとの結婚はどうだったのか。晩年秋子さんのことでかなり文句を言われていたようだが、直美さんのこともあり、彼は耐えることしかできなかったのかもしれない。いずれにしても、中田やわたしの時代は戦後の闇市派のあとを引き継いだ時代で、社会のメタモルフォーゼの波をまともにかぶりながらもハングリーな雑草魂となにくそ精神の気概に背中を押されて左に傾いたり右の石に躓いたりしながらも、なりふり構わず必死に生きてきた。そして気が付くと、仲間意識で結ばれていた仲間うちの「いい奴」の何人かは黙ったまま他界してしまっていた。そんな時代を生きてきたのがわたしたちであったような気がする。

秋子さんの時代はわたしたちの時代と少し違う。耐えるということが決して美徳とは思われなくなった時代で、女権拡張の主張と実践が可能となった時代である。これは或る意味で、驚くほど凄いことであり、わが国を変革することができるかもしれないエネルギーがこの時代に属するひとたちには充満している。国家を危うくする恐れのある猪突猛進型の愛国心よりもこういうエネルギーがこれからは必要なのだ。秋子さんが「彼」と住んでいないことはその何よりの証なのかもしれない。わたしは秋子さんの世代の彼女たちが今の時代の中核であると確信している。秋子さんのような女性が増えて、男性を覚醒させると、わが国はきっと今よりよい文化国家になることであろう。そうした点から見ても、秋子さんが政治とコミットしたマンリーを研究していることを、わたしは高く評価したく思っている。

星香ちゃんの時代は文字通りこれからの時代だ。どうなるのだろうか。フォースターのいう「果てしなき未来に向かって突き進む魂の船」をメタファーにした国家を築き上げていく日本人の結束を星香ちゃんは既に意識しているのではないだろうか。

秋子さんと星香ちゃんが一緒に暮らしている、そのマンションのヴェランダからは茅渟海が一望できるという。星香ちゃんは、もしかするとそこに佇んで、フォースターがパーベックの丘から海を眺めたのと同じような心境になったのかも知れない、とわたしは勝手に想像した。星香ちゃんが今の秋子さんと同じくらいの年齢になると、日本はどうなっているだろうか。期待と不安の天秤を男性ではなく女性がコントロールしている姿をわたしは夢想した。

女性支配の時代になる、と男性のわたしがじぶんを含めた男性の優柔不断やだらしなさと、秋子さんや星香ちゃんに代表される女性の明確な理想と実践的行動力の違いを空想していた今日の夕方も、茜色に染まった西の空を眺めることができた。いつもの夕方と同じように、じっと時間をかけて西の六甲山の稜線の彼方に沈んで行く夕日を飽かず眺めた。近い将来にまちがいなくフィナーレの時を迎えることを、過ぎ去った時の積み重ねを体験してきたわたしは、ごく自然な形で意識している。

秋子さんと星香ちゃんの住んでいた岡本を訪問すべきかどうかで悩んでいた時から、二十年近くの時が経ってしまった。わたしも、遅ればせながら、いろいろなひとやものやことが「パスアウエイ」していくことをはっきり実感しなければならない時に差しかかっている。そのことを認識すべきであるのだが、そういうことをわたしじしんのさまざまな個人的願望のなかのもやもやとした異物がわたしのこころのなかにしゃあしゃあと入り込んできて邪魔するものだから、わたしもそういうことを喜んで歓迎しているわけで、じぶんでも度し難いじぶんの優柔不断ぶりに呆れている。わたしは、生きるべきベイビーとしてこの世に生まれて八十六年生き延びて、もうすぐ死に行くベイビーになるのであろう。中田は、「全介助」の別名ともいえる老いたベイビーにならずに死んでしまった。キャンサーなどで予期せざる死に遭遇するひとは、誰かれの全身的な介護を体験せずに、つまりは、老いたベイビーにならずに、この世を去るのであろう。

　まあいずれにしても、われわれがモータルであることに変わりはない。死は避けられない。死の認識は、したがって、未来の未知なることを想い描くことに他ならない。死に際のじぶんに、秀吉は、どうやら、笑顔の姿をイメージしたらしい。イワン・イリイチというトルストイのつくり出した人物は光を死ぬ間際に見たという。何か海とか街とかの夢を見たひともいたらしい。グリーン・フィールドの夢を観た英国人もいたらしい。中田は何を観たのだろうか。わたしには、何が見えるのであろうか。いやわたしの場合は、中田とちがって、今と近未来の間に横たわっている正体不明の短狭時空でスパン不確実なまま老いたベイビーになるのかどうか、という、わたし個人にとっては避けがたい問題がある。だが、今から、そういう全介助のベイビーになることを心配しても近未来のことはどうにもならない。これればかりは不可抗力なのだ。今は、できれば、死に際の場面を想像して楽しんでいたい。一生に一度の初体験を今から楽しみながら想像したい。老いたベイビー直前の姿で車椅子に乗せてもらい介護用大型バスの厄介になって鷲羽山麓の大浜海岸まで運んでもらいたい。山の中腹に山躑躅の咲く爽やかな気候になった頃に連れて行ってほしい。あそこの砂浜のションバタに寝転んで潮騒のかすかな音を聞きながら天空を眺めたい。トーマス・マンが羨むほど長い間天と地に囲まれてそうしていたい。これがわたしのささやかな夢なのだが、どうなるのであろうか。天気に恵まれるだろうか。土砂降りは困る。大いに困る。困るのは猫と犬だけではない。ひともまた困る。わたしも困る。せめて曇り空の薄明であってほしい。欲はいわない。天候に恵まれたい。でもねえ、この人生は意外性に満ちているのでねえ。万一突然風が吹き荒れてきて寝転んだまままあそこの白い砂に埋もれてもいい。覚悟はできている。埋もれたらあとはストーム・オヴ・ファイアーだ。思い切りギリシア式の火葬を頼みます。土葬のままは困ります。わたしの肉体は必ずひとさまの肉眼に見えないモノに変えてほしい。塵に変えてほしい。塵になって土中に帰りたい。土中で永遠の眠りに就きたい。高天は世界中のひとが昇天したいものだから人口密度が飽和状態寸前である。その点土中にはまだまだ空き地がある。

ストラルドブラグからは死ぬ楽しみが奪われていた。わたしには死ぬ楽しみが残されている。わたしにとっての最後のわくわく感を実感する瞬間を今から楽しみに待っている。

わたなべ こうじ（渡邊孔二）

1937年生まれ
神戸大学名誉教授
最近の著書「ジョージ・オーウェル――長篇小説的伝記――」（2022年、スプリング）

随想風小説　異母姉妹とわたし

2024年3月14日　第1刷発行

著　者　わたなべ こうじ
発行人　大杉　剛
発行所　株式会社 風詠社
〒553-0001 大阪市福島区海老江 5-2-2
大拓ビル5 - 7階
Tel 06（6136）8657 https://fueisha.com/
発売元　株式会社 星雲社
（共同出版社・流通責任出版社）
〒112-0005 東京都文京区水道 1-3-30
Tel 03（3868）3275
印刷・製本　シナノ印刷株式会社

ISBN978-4-434-33400-9 C0093